U0130357

创意写作书系

501个
创意写作练习

每天5分钟，激发你的创造力

【美】塔恩·威尔森
（Tarn Wilson）
著

修佳明
译

中国人民大学出版社
·北京·

"创意写作书系" 顾问委员会

致我的老师和学生们

目　录

前　言 / i

每天都写　/ iv

为什么是 5 分钟　/ v

5 分钟意味着什么　/ vi

文类和故事要素　/ vii

如何使用这本书　/ viii

501 个创意写作练习　/ 1

写作提示索引　/ 254

致　谢　/ 257

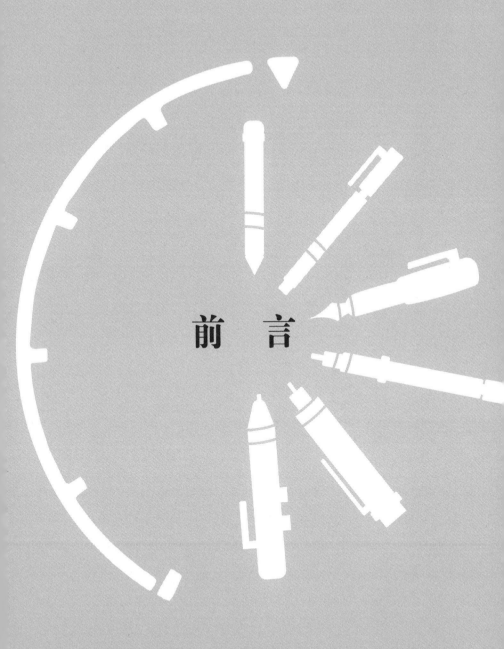

前　言

我要告诉你一个秘密。我在接到写这本书的机会时，差点儿就拒绝了。在长达几个月的时间里，我的创造力一直处于蛰伏的状态。除了自己的教学工作，我唯一能做的就是修改旧作。我担心我再也不会有新点子了。

　　但我还是接下了这本书，因为作为一名从业多年的创意写作教师，我对提示性写作的力量深信不疑。若是要求一个年轻人编一则故事，他交上来的会是一篇陈腐寡味的电子游戏式老套情节；可如果让他描述自己小学时代的一次恋爱心动经历，或者采用吸血鬼的视角写一篇大学入学申请短文，他的写作就会变得真诚且独特。

　　我在自己的生活中也体验过根据提示写作的价值。当我还是个 20 出头的年轻人时，我想从事写作，却不知道如何开始。于是，我抱紧几本写作提示书，决意每天练习写作 20 分钟。无论我的写作从何处起笔，结尾几乎总是收束在同一个地点和时间之上：在加拿大的荒原上，我同我的嬉皮士父母共度的童年。那一摞习作片段后来演化成我出版的第一本回忆录《慢农场》(*The Slow Farm*)。

　　我写作这本书的任务就是向你提出要求：请你从自己的写作时间中切出一小片，将其与其他的写作需求隔开——请你用新的方式思考，摒弃完美主义，放手去玩。

　　随着我完成本书的写作，我的创造力已经像头冬眠将醒的棕熊一般开始躁动。我又有写作的新点子想去完成了，这可是很久以来的头一次。

　　愿这本书也赠予你同样的礼物。

每天都写

如果你每天都写，哪怕只写5分钟，写作也会成为你的一种习惯，像刷牙一样自然、规律、平淡无奇。你就再也不用在下笔之前发动意志力同自己搏斗了。

写作提示给你设定了一个出发点，而且，当你担心自己遗失了灵感的时候，它还给你铺设了一条继续写下去的通路。这些写作提示可以帮你：

- 产生新点子
- 扩展可能性意识
- 使旧作焕发生机
- 发展新的技巧
- 发掘新的文类

在每天的写作进程中，你的想象力会变得越来越活跃。你将重拾那些久已忘却的记忆，惊讶于自己清新的想法和想法之间的全新联系，还将发现感觉上属于你自己的话题和预言。当你有规律地展开日常写作时，你会亲眼见证自己写作热情和写作信心的自然升降循环，如此一来，那些不可避免的灵感匮乏的日子也就不会把你怎么样了。写作的韧性与信念在这个过程当中——同时也在你自己的内部——日益加固增强。

不仅如此，当你投入某件有价值的事情当中时，你的生活也会开始拥有更好的平衡感，同时增添一抹魔力。

为什么是5分钟

研究表明，当你开始朝着一个长远的目标以踮步迈进时，最有可能养成持久的习惯。要想成为一名作家，你不需要辞掉工作、签约代理人、获得学位或者手握宏大的构思。实际上，你只需要开始动笔写。

几乎每个人都能从自己的一天里抽出5分钟。早起5分钟；在会议的间隙偷闲片刻；提前到达孩子的足球训练场地，在观众席写两句；在上床睡觉的前一刻拿出你的日记本。

不用多久，你的5分钟就会扩展成10分钟或者20分钟，乃至一小时。就目前而言，每天5分钟就足以唤醒你正在打盹的创造力了。5分钟足以养成习惯，并缓解你需要为自己做点什么的不安感。

5分钟意味着什么

同你的创造力每日一会。选择一条写作提示。定好闹钟。自由地写，不做评判。5分钟结束时，你可以选择停止还是继续写下去。每一条写作提示都包含一个"故事继续"的邀请，是为你有多余时间或额外热情的日子准备的。如果你选择不继续写，那就恭喜自己，完成了自己的5分钟约定。第二天，你可以选择一条新的写作提示，也可以继续上一则故事，还可以发明你自己的提示！

如果你错失了一天，原谅你自己，并重新返回写作中。如果你在履行约定上遇到了困难，尝试一些激励工具：在图表上贴小星星；每完成一天就奖励一下自己；寻找一位写作伙伴，并肩写作——或者在每一天结束之前互相检查。

你的目标不是达成一项每日写作的完美纪录。你的真实目的是以诚意对待你写作的欲望，尊重你创作的渴望，并为你的故事和声音创造空间。

文类和故事要素

　　这本书共有501条写作提示，每一条都标记了特定的文类和故事要素。文类包括冒险小说、幻想小说、幽默文学、回忆录、悬疑小说、诗歌、爱情小说、科幻小说和生活片段。你可以改动这些提示，适配你自己喜欢的文类，包括那些本书没有引入的文类，比如同人小说、恐怖小说、历史小说或者超自然爱情故事。

　　主要的故事要素包括人物、对话、独白、情节、视角、背景、场景和口吻。形式写作邀请你尝试以不同的格式写作，比如广告、清单、书信、新闻稿、评论文章等；开篇写作提供了演练故事开头的机会；修订写作请你从新的角度出发，重访并探索自己之前的作品。

　　如果你想跳过某些写作提示，因为它们不在自己偏爱的文类范畴内，那么要克制住这种冲动。我们最有创意的作品，往往都是在愿意跳出安全且熟悉的领域时写成的。

如何使用这本书

决定好你要用什么工具写作：笔记本、台式电脑、打字机、手机或平板，还是上述工具的某种组合？你也可以直接写在这本书上。脑科学研究表明：在纸面上手写有利于反思性和创造性的思维；将你的作品电子化存储，则便于查验、检索和修订。

用最契合你的目标和性格的方式来使用这本书。你可以：

· 按照顺序逐个完成写作提示

· 重复练习一个偏爱的写作提示

· 随机打开某一页来写

· 修改一条写作提示中的细节

· 找一条当天令你感兴趣的写作提示来写

· 混合搭配写作提示与"故事继续"选项

· 按照文类或故事要素选择写作提示

· 利用写作提示扩充你已经开始的故事

· 继续写一个之前的写作提示

· 发明你自己的写作提示

如果你感觉无法在5分钟内完成某条写作提示，写其中的一部分即可。在写作的过程中，遵循你的创造力和热情，即便你偏离了写作提示或者抛弃了最初的想法也不要紧。相信这个过程，相信你的想象力。

你不需要在动笔之前知道你将要写下什么。

开始就对了。

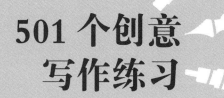

501 个创意
写作练习

写作提示 1

幻想小说，情节

　　一个女人在清晨醒来，看到自己的影子正偷偷从卧室的门缝间溜走。她跟了出去。

故事继续

　　这个女人看到她的影子和另一个无所依附的影子握上了手。接下来会发生什么？

写作提示 2

视角，背景

　　描述你的卧室在一名联邦调查局（FBI）特工眼中的样子。这名特工认为你是个罪犯。

故事继续

　　描述同一间卧室在一个迷恋你的人眼中的样子。

写作提示 3

回忆录，口吻

    回忆一个你曾经居住过的、具有情感价值的地方。以一名旅行导游的口吻向某人介绍这个地方。

故事继续

    以导游的口吻分享你生活中重要的"历史事件"。

写作提示 4

生活片段，背景

    你的人物在一次公路旅行中发现了一座不同寻常的博物馆，比如"垃圾食品博物馆"或"未遂心愿博物馆"。描述这座博物馆。

故事继续

    描述这座博物馆的馆长。

写作提示 5

悬疑小说

你的人物走到地下室拿某样东西的时候，注意到了一扇暗门的隐约轮廓。人物打开这扇门，看到了一座精密复杂的管道迷宫。

故事继续

这里 100 年前发生过什么？

写作提示 6

诗歌

写下一列包含韵母"u"的词：山谷、恶毒、珍珠、朴素等。写一个故事，尽可能多地用到这些词。

故事继续

把最喜欢的句子折断，排成诗行。强调音律的重复，但要避免单调拙劣的押韵。

写作提示 7

对话

一位孤独的老妇人把一名电话销售员困在了一场交谈里。电话销售员试图扣住自己既定的脚本，却始终不成功。写下这段对话。

故事继续

电话销售员透露了一个从未有告诉过任何人的秘密。

写作提示 8

科幻小说

当下有让你感兴趣的新闻故事吗？把这个故事放置在遥远的未来、另一个星球上或另一重宇宙里。

故事继续

描述这一时空内的政治或宗教系统。

写作提示 9

场景，对话

一名正在上高三的 10 岁天才儿童递上一份精心编写的"舞会提案"，邀请同在生物实验室的伙伴去参加毕业舞会。写下这个场景。实验室的这名伙伴会作何反应？

故事继续

两个人在他们的 20 周年同学会上重聚。写下二人间的对话。

写作提示 10

背景，冒险小说

描述一座城市里三个完全不一样的地点。

故事继续

一个身后有人跟踪的人物正在这几个地点之间急速奔走，努力赶上某个时限。这个人物是谁？在做什么？为什么会被人跟踪？

写作提示 11

悬疑小说

午餐时间，你的人物看到一辆印有古怪标志的校车只接了一名学生上车。你的人物把此事告知一位老师，老师的回应是："别告诉任何人！"你的人物对此展开了调查。

故事继续

描述那名上了校车的学生。

写作提示 12

科幻小说，幽默文学

一类外星人把人类当作宠物饲养。某些"人主"会在一种相当于犬类竞赛的场合"展示"它们的人宠。用主持人的口吻叙述这场竞赛中最有悬念的时刻。

故事继续

描述最佳展示奖的得主。

写作提示 13

幻想小说

　　一个人物正在完成一幅拼图，忽然意识到拼图的图案是自己的厨房——只有一点不同。这个人物看到了什么？

故事继续

　　人物把目光从拼图上移开，抬起头……

写作提示 14

回忆录，视角

　　找到或者回忆一张对你而言很重要的照片。描述这张照片、拍照的情境以及你对这幅照片的情绪反应。

故事继续

　　以摄影师或者照片里某个人的视角重写一遍。

写作提示 15

人物，情节

   你的人物正在一个公共卫生间里洗手，从一扇关闭的隔间门下面，他看到了某个人的双脚。描述这双脚所穿的鞋子。

故事继续

   你的人物听到隔间里的人在哭泣。接下来会发生什么？

写作提示 16

对话

   一个人物不顾一切地想要从另一个人物手中得到某物（金钱、魔法指环、批准意见等），而后者一直拒绝。写下这段对话。

故事继续

   当对话结束时，第二个人物终于同意了。是什么导致了这一变化？写下对话。

写作提示 17

诗歌

    播放一段纯音乐。闭上眼睛，放松，再——在音乐的启发下——让画面浮现。记录你所看到的画面。

故事继续

    把画面重新排列成诗行或歌词——或者让它们启发你创作一个故事。

写作提示 18

爱情小说，诗歌

    "你对某人的爱像一只旧运动鞋"是什么意思？像一只贝壳呢？像燕麦呢？像一张皱巴巴的纸币呢？再多写几种令人意外的隐喻吧。

故事继续

    把你的文字重新组织成一首情诗，但不要使用"爱"这个字。

写作提示 19

人物，场景

两个人物想要同一样东西，比如同一个升职机会或者最后一块蛋糕。这两个人物是谁？他们有着怎样的过去，关系如何？

故事继续

写下两个人物发生冲突的场景。

写作提示 20

科幻小说，对话

你的社区正在被人形机器人袭击。你是抵抗军的一分子。在一场战役中，你看到一个机器人跟你长着同一张脸。描述这个时刻。

故事继续

你抓住了这个机器人并审问它。

写作提示 21

视角

选择一个当下的新闻故事。想象某个与这个故事有关联的人（目击者、记者、参与者等），并以他的视角记述这个故事。

故事继续

选择另一个与这个故事有关联的人物，并以他的视角记述。

写作提示 22

人物，形式

找出一则以动物为主角的童话故事或者寓言。把里面的角色换成人类，再把他们放到现代。

故事继续

一名新闻记者采访了其中一个人物。写下他们的问答。

写作提示 23

回忆录，开篇

以"我第一次看到……"为开头，开启一个故事或一则回忆。可以描写一个人、一个地方、一只动物、一处景观或者一个物体。

故事继续

用"我最后一次看到……"结束你的故事。

写作提示 24

人物

创造一个在你看来代表了智慧的人物：可能是老师、孩子、祖父母、天使或者巫师。

故事继续

想象你可以就某个问题向这个充满智慧的人物求教。这个人物会说什么？

写作提示 25

情节，开篇

　　回想你最喜欢或者最难忘的一句歌词。用它作为一个故事的标题。针对这个点子展开头脑风暴。

故事继续

　　写出这个故事的草稿，在开篇、最后一行或者其中一句对话中引用这句歌词。

写作提示 26

科幻小说

　　一件来自未来的发明偶然间通过时间穿越到了现在。它会做什么？它会如何搅乱我们的文化？

故事继续

　　把这个发明传送过来的那个人物想方设法地挽救这一局面。

写作提示 27

对话

描写一幕场景，其中一个人物正在言不由衷地说话。借助手势、面部表情和语调暗示出这个人物的真实感受。

故事继续

某个人质疑了这个人物。这个人物会如何回应？

写作提示 28

回忆录，情节

描写一件归你所有的物品，它对你而言十分重要。

故事继续

描写某个在你拥有这件物品之前与它有联系的人：前任所有者、商店店主等。或者想象下一任所有者。

写作提示 29

冒险小说，场景

　　一个人物在旅行期间买了一件 T 恤衫，上面印着一些不认识的文字。这个人物穿上这件 T 恤衫的第一天，另外一个人在阅读了上面的文字后绑架了这个人物。描述这个场景。

故事继续

　　T 恤衫上写了什么？

写作提示 30

爱情小说，情节

　　为一部爱情小说写一幕最后的场景，其中要包含一条狗、一块手表和一个吻。

故事继续

　　列出一个可能发生在这个场景之前的情节的清单。或者写出主要人物的人物简介。

写作提示 31

科幻小说，形式

　　想象你早上醒来，发现已经过去了 100 年。描述一下你的邻居。

故事继续

　　为当地报纸写出一些头条。当下的话题和事件都有哪些?

写作提示 32

回忆录

　　写一段关于钱的回忆，比如童年的零花钱、第一次发工资、一枚不同寻常的硬币、一只存钱罐或者一场与钱有关的争论。

故事继续

　　写一位朋友或亲人与钱发生的一段故事。

写作提示 33

背景，场景

　　描述一场急剧的天气变化。使用所有的感官。

故事继续

　　想象这场天气变化发生在一个故事里。天气对情节有推动吗？天气是故事中情绪的象征吗？

写作提示 34

情节

　　一张神秘难解的清单从一个人物的口袋里掉了出来（一份古怪的购物清单、一张列有不寻常地点的清单、一张魔咒表等）。清单上有什么内容？

故事继续

　　另一个人物捡起了这张清单，对此产生了强烈的好奇。接下来会发生什么？

写作提示 35

对话，口吻

　　一个愤怒的人物大吼大叫，使用了很多带有"ch""c""k"和"g"发音的词。

故事继续

　　另一个人物竭力地安抚愤怒的人，使用了很多带有"sh""m""n"和"s"发音的词。写出二人的对话。

写作提示 36

悬疑小说

　　黄昏时分，一个人物独自漫步，看到浓重的黑雾正从城市的下水道中滚涌而出，于是展开了调查。这个人物会以为这团黑雾是什么东西？接下来会发生什么？

故事继续

　　三天前发生了什么？三天后发生了什么？

写作提示 37

科幻小说

一天夜里，你的人物注意到邻居的窗户中发出一种来自异世界的蓝绿色光芒，还听到一种古怪的嗡嗡的噪声。人物走向邻居家，向房子里偷偷探看。他窥视到了什么？

故事继续

这个人物感觉有人拍了拍自己的肩膀，于是转过身来。

写作提示 38

诗歌

选择一个能够创造强烈意象或情绪的名词（雪、火、父亲等）或一个多义词（退、打）。写出八个以上包含这个词的句子。

故事继续

把其中最有力的句子编排成一首诗。

写作提示 39

幻想小说，场景

把一种幻想元素引入现实的生活当中（你醒来时发现自己长了鱼鳞，你的猫正穿着一件警察制服，等等）。你会作何反应？

故事继续

你生活里的其他人会作何反应？写一幕场景。

写作提示 40

冒险小说，情节

通过头脑风暴创造出几种一群人物被困在一个空间内的情节（困在一座岛上、一架飞机里、一台停住的电梯里等）。选择其中的一种，并在这个空间里安排合适的人物。

故事继续

给这些人物制造一个冲突。

写作提示 41

场景，人物

发明两个有不同力量来源的人物：一个有钱，一个有才；一个令人尊敬，一个才华卓越；一个有枪，一个有趣。

故事继续

写一个两人发生冲突的场景。

写作提示 42

幻想小说

一只鹰隼飞过一座村庄，留下一则预言："孤儿变女王！"城堡、小镇和当地的孤儿院各自会做出什么样的反应？

故事继续

描述将成为女王的那个孤儿。

写作提示 43

口吻，视角

挑一件你身边的物品，可能是从一个背包、一个抽屉或者一个架子里拿出来的。以这件物品的口吻写作，在这样的身躯里是一种什么样的感觉？

故事继续

这件物品抱怨它跟另一件物品的关系。

写作提示 44

人物

一个人物因为某种环境问题或社会公正问题而饱受折磨。这个问题是什么？这个人物是谁？人物或人物所在的群体是如何遭受折磨的？

故事继续

你的人物为了扭转局面，冒了一个巨大的风险。

写作提示 45

冒险小说

　　一个人物发现了一枚刻有陌生符号的硬币。人物把硬币带到一家硬币店，店主看起来十分惊骇，拒绝碰触这枚硬币，且不愿意解释缘由。

故事继续

　　某个人一直在寻找这枚硬币。一场追逐随之展开。

写作提示 46

幻想小说

　　一个人物得到了一张世界地图，上面有一个不认识的国家。而其他人都看不到地图上有这个国家。

故事继续

　　人物动身前往那个国家。怎样才能抵达那里？在那里会有什么发现？

写作提示 47

人物，独白

设想一种或许会隐藏自己真实想法的职业（接待员、首席执行官、空中乘务员等）。写下这个人说的话，并穿插这个人的所思所想。

故事继续

有一个人物正在观察第一个人物。写下他的内心独白。

写作提示 48

爱情小说，场景

写一幕出现在爱情关系中的幸福或安宁的场景。插入对未来可能发生的问题或冲突的暗示。

故事继续

写一幕这对情侣经历这种问题或冲突的未来场景。

写作提示 49

幻想小说

　　一个人物回到家，发现家里已经被一种快速生长的藤蔓占领了，这种藤蔓被切断后，只会生长得更快，而且现在已经威胁到了邻居（和小宠物）。

故事继续

　　这个人物意外地发现了一种解决办法。

写作提示 50

背景，回忆录

　　动用你所有的感官，描述你周围的环境：气味、味道、声音、纹理、你的身体感觉、光影的质地。

故事继续

　　选择一个你之前在典型的背景中创造的人物，并在这个人物身上做同样的练习。

写作提示 51

开篇

写一个包含了一只气球、一匹马和薰衣草香味的故事的开篇。

故事继续

加入关于天气、一个想要某物的人物和一种障碍的描述。

写作提示 52

幻想小说

一个人物正在翻阅报纸上的招聘广告，看到一个"小矮妖收集"的工作，决定申请。描述面试的过程。

故事继续

描述这个人物为收集第一只小矮妖所做的努力。

写作提示 53

背景，视角

　　想象一幕故事背景（海滩、城市街道等）。采用一个愤怒的人物的视角描述这幕场景。

故事继续

　　描述同一幕场景，但换用一个心态平和的人物的视角。

写作提示 54

回忆录，口吻

　　详细刻画一只出现你生活中的动物，可以是野生的，也可以是驯养的，可以是过去见到的，也可以是当下相处的。包含关于它们的眼睛及活动方式的描述。

故事继续

　　以这只动物的口吻进行写作。可以用"我想要……"或者"他们不理解……"作为开头。

写作提示 55

人物

　　选择一个你之前创造出来的人物。描述这个人物冰箱里的东西。

故事继续

　　描述这个人物与其中一件物品的关系（外卖、一瓶调味料、一罐两年没开封的酸黄瓜等）。

写作提示 56

幻想小说，对话

　　你的人物正被送上云端的一张长椅，他在那里有一个小时的时间，可以同某位对他很重要的逝者进行对话。开启他们的对话。

故事继续

　　在他们的对话中引入一场问答。

写作提示 57

科幻小说

选择一种让你感到愤怒的不公平或不公正的现象。描述一个未来的世界,在这个世界里,这种不公已经被纠正。

故事继续

这种纠正带来的一个意料之外的负面影响是什么?谁受到了影响?

写作提示 58

人物

描述一个老掉牙的人物。然后,添加一些意想不到的细节和背景故事,让你的人物变得更加有趣和复杂。

故事继续

写一幕你的人物努力隐藏一个秘密的场景。

写作提示 59

冒险小说

某种东西阻止你的人物离开房子（一个人、一种力场、房子本身）。描述一幕人物努力逃脱未遂的场景。

故事继续

脑暴你的人物可能的逃脱方式。选择其中的一种写下来。

写作提示 60

情节

你被丢进了自己最喜欢的一本书里的一幕重要场景当中，成为一个补加的人物。描述你是如何扰乱了这一场景的，以及其他人物的反应。

故事继续

你会如何改造故事的结局？

写作提示 61

背景，幻想小说

想象一栋废弃的建筑（可能是一间仓库、一座谷仓、一间飞机库或者一个火车站）。运用你所有的感官描述建筑的内部。

故事继续

你看到一些鬼魂正在重演某件发生在此处的重要事件。描述这幕场景。

写作提示 62

科幻小说，形式

地球人占有了月球，以及一些矿产资源丰富的小行星，与宇宙空间的人们展开战争。写下报道这场冲突的新闻头条。

故事继续

一名激进主义者力图组织一个世界管理委员会，并遇到了危险。

写作提示 63

人物

选择一个你创造过的人物。描述这个人物身着一套最具个人标志性的衣服的样子。

故事继续

这套衣服从何而来？是一件礼物还是祖传的衣物？这个人物是从旧货商店还是从设计师品牌店里买到这套衣服的？

写作提示 64

爱情小说，诗歌

列出与你从事过的一份工作（有偿或无偿皆可）有联系的动词和名词。使用你的词汇表写一首情诗。

故事继续

修订这首诗：保持意义不变，删掉所有浪漫的字眼。

写作提示 65

独白

一个人物有一个永远也不可能实现的愿望。这个愿望是什么？为什么它不可能实现？写一段表达人物失落和渴望感觉的独白。

故事继续

人物的感觉是如何随时间的推移而演化的？

写作提示 66

生活片段，场景

脑暴一个人物同时感受到两种相互矛盾的情绪的几个瞬间，比如愤怒与爱，悲伤与感激。把其中一个瞬间拓展成为一个场景。

故事继续

时过境迁，这个人物在回首往事时，对于这个瞬间又有什么样的感觉？

写作提示 67

人物

　　描述一个使用一种出乎意料的交通工具的人物（比如，一个高个子的人骑一辆很小的自行车，一个有钱的女人开一辆破烂的轿车，一名经理骑一匹马）。

故事继续

　　这个人物穿着什么？

写作提示 68

冒险小说，幽默文学

　　一名笨手笨脚的魔术师在森林里迷了路。天气恶劣，魔术师必须利用自己的斗篷、兔子、扑克牌等道具活下来。魔术师如何在救援抵达前挨过一周时间？

故事继续

　　在获救的时候，魔术师讲了一个夸张的求生故事。

写作提示 69

背景

选择一个背景。选择一种情绪。不要命名这种情绪，以一种能够唤起读者的该种情绪的方式描写这个背景。

故事继续

描述同一种情绪在你的身体里或者一个人物的身体里是一种什么样的感觉。

写作提示 70

幻想小说

一个天使敲响了房门，穿着一件快递员的制服，手拿一件包裹。你的人物会做出什么样的反应？

故事继续

包裹里的物件将永久性地改变这个人物的生活。它是什么？

写作提示 71

诗歌

列出你的脑海里当下浮现的问题（严肃的、滑稽的、普通的皆可）。

故事继续

把你最喜欢的问题排列成诗。在整首诗中把你最喜欢的问题重复三遍，并给出三个可能的答案。

写作提示 72

回忆录，视角

回想你童年时代的一个恶霸或者友敌。他们长什么样？唤起了你的哪些记忆？

故事继续

采用你的对头的角度，书写同一个时段的故事。

写作提示 73

对话

　　选择你创造过的截然不同的两个人物，安排他们在飞机上相邻而坐，给他们设计一个分歧。

故事继续

　　你的人物惊喜地发现，他们之间竟然有某种共同点。这个共同点是什么？

写作提示 74

悬疑小说，形式

　　一个人物在一名家庭成员的阁楼上打开了一只布满灰尘的盒子。盒子里有证据证明，这名家庭成员是一个逍遥法外的知名大盗。

故事继续

　　写出这名家庭成员最臭名昭著的一次盗窃中的一个场景——或者写下一篇描述这起盗窃事件的新闻报道。

写作提示 75

幻想小说，形式

　　一条龙想要读一所只接收仙子的美容学校。为这条龙写一份入学申请书。

故事继续

　　这条龙被学校接收了，但是引发了一场意外。描述这场意外或者意外发生以后校长办公室里的场景。

写作提示 76

冒险小说，场景

　　在一条偏远的公路上，因为极端的天气，交通已经瘫痪了几个小时。一些人的生命正危在旦夕。

故事继续

　　陌生人自发组织起来向遇到困难的人伸出援手。写出最具戏剧性的场景。

写作提示 77

场景

一位电影导演从你最喜欢的歌单里选择了一首歌，作为一部新电影开场一幕的背景音乐。这首歌是什么？描述这幕场景。

故事继续

故事的最后将会播放哪首歌？描述这幕场景。

写作提示 78

悬疑小说

有个人每周都会在当地的市政会议上发表令人恼火的讲话，表达诸多不满。一天，这个人忽然消失了。描述主要的嫌疑人。

故事继续

写出一条线索和一条干扰信息。

写作提示 79

人物，对话

　　两个人物对同一起事件有不同的记忆。这两个人物是谁？他们有什么关系？这是一起什么样的事件？他们的记忆有何不同？

故事继续

　　写一段发生在二人之间的对话。

写作提示 80

冒险小说

　　你的人物去应聘一份看起来很普通的工作，面试结束之后，他被要求参加一场笔试和一场体测，测试中的问题和任务都很不寻常。描述这两场测试。

故事继续

　　描述这份工作的一天。

写作提示 81

人物，视角

描述一个与宠物有关的人物，其对于宠物的选择或者与宠物的关系透露出某些令人意外的东西。或者，描述你已经创造过的人物所养的一只宠物。

故事继续

以宠物的视角描述这个人物。

写作提示 82

冒险小说

五个风马牛不相及的人组成了一支小队，一起去阻止一场环境灾难。这些人是谁？是什么事让他们凑到了一起？

故事继续

他们有什么计划？写一幕行动时的场景。

写作提示 83

爱情小说，对话

    两个人物正在初次相亲。他们说的话跟他们心里想的不一样。写出这场对话，并用斜体字或括号标示他们心底的真实想法。

故事继续

    一个人物偶然间坦承了一个真实想法。

写作提示 84

背景

    在脑海里画一个直径 30 厘米的圆圈，让这个圆圈处于你附近的一块区域的上方，仔细地描述圈里的所有东西，不要放过任何细节。

故事继续

    把这个圆圈的直径放大到 2 千米。描述圈里的东西。

写作提示 85

科幻小说，爱情小说

　　选择一个政治问题、环境问题或者社会问题。描述一个把这个问题极端化了的反乌托邦未来世界。

故事继续

　　这个世界里的两个人物坠入爱河，同时必须为了广大人类的利益做出牺牲。

写作提示 86

诗歌

　　列出包含辅音"l"的词。列出包含辅音"m"的词。列出同时包含辅音"l"和"m"的词（比如：浪漫）。使用你列出来的词写一个段落。

故事继续

　　把你写出的句子重新排列成诗。

写作提示 87

人物

在网上搜索"恐惧症",选择一个你感兴趣的(或者编造一个,比如害怕接吻、纽扣或书)。描述一个人物第一次体验到这种恐惧的时刻。

故事继续

描述这个人物直面这种恐惧的时刻。

写作提示 88

悬疑小说

一个人物总是反反复复地梦到一名带着一只耳环的白衣男子。你的人物看到这名男子沿着一条街道行走,并跟在了他后面。

故事继续

这名男子转过身来说:"我们已经等了你很久了。"

写作提示 89

回忆录，情节

　　回想你生命中的一次事与愿违的经历。写下你梦想破灭的时刻。

故事继续

　　曾有一刻，你意识到自己不像自己想象的那样快乐。写下这幕场景。

写作提示 90

人物

　　创造一个主要通过嗅觉来感受这个世界的人物。描述这个人物度过一天的感受。

故事继续

　　把这个人物置于一个陌生的环境里——或者令其失去嗅觉。

写作提示 91

形式

创造一份清单，列出新颖或有趣的"指南"命题，比如"磨蹭指南""同尼斯湖水怪交朋友指南"或者"在你的宇宙飞船上操纵政治指南"。

故事继续

选择其中的一个命题。写出操作指南。

_____

_____

_____

_____

_____

写作提示 92

开篇

随意捡起你手边的某个文本（一本书、食品包装盒、消息推送里的一篇文章等）。任选一行文字，把这行文字作为一个故事的开篇。

故事继续

从同一个文本中随机选择另一行文字，把这行文字写进故事。

_____

_____

_____

_____

_____

写作提示 93

爱情小说，对话

　　一对情侣正在度假。女方秘密怀孕，期待着一场求婚。男方则希望结束这段关系。写出二人间的对话。

故事继续

　　写一幕发生在一年之后的场景。

写作提示 94

人物

　　举出一个抽象的概念，比如正义或绝望，然后把它当作一个人来进行描述。例如，希望他长什么样？他的工作是什么？他喜欢听什么样的音乐？

故事继续

　　你的这个人物有哪些朋友？

写作提示 95

情节

　　你的人物偶遇了一位名人（电影明星、作家、运动员、政客等），并从此改变了自己的一生。他们是如何遇见的？发生了什么事情？

故事继续

　　一名小报记者想方设法地从你的人物口中套话。这个人物是如何回应的？

写作提示 96

诗歌

　　写一段话，保证这段话里每一句话的第一个字和最后一个字相同。在最后一句话里加入第一句话里的几个字。

故事继续

　　把你写下的文字打散成诗行。

写作提示 97

人物，视角

　　描述一个你不太熟悉但是很感兴趣的人（咖啡馆服务员、邻居、老师等）。

故事继续

　　采用这个人物的视角写作。写出其对现下的生活满意和不满意的地方。

写作提示 98

独白，对话

　　选择一个对于你而言很难谈论的话题（性、死亡、金钱等）。想象一个可以随意谈论这个话题的人物，写下这个人物的独白。

故事继续

　　写一段发生在你自己和这个人物之间的对话。

写作提示 99

回忆录

列出与食物相关的记忆：假日美食、食物大战、诱人的甜点、宗教仪式、错误的食谱、小学的午餐、饥饿的记忆等。

故事继续

详细描写其中一个记忆，包括感官的细节。

写作提示 100

悬疑小说，对话

一个主要人物的室友突然开始变得沉默寡言、神经分兮，一消失就是几个小时，而且不愿意回答任何问题。写一段主要人物努力套取信息的对话。

故事继续

主要人物搜查了室友的房间。

写作提示 101

人物，情节

　　你已经创造过的一个人物在喷漆涂鸦的时候被警察抓了现形。这个人物涂画或涂写的内容是什么？为什么要涂鸦？

故事继续

　　这名警官被涂鸦感动了。为什么？

写作提示 102

悬疑小说

　　一个喜欢在墓地之间徜徉的人物发现一座墓碑上刻有一则古怪的墓志铭。脑暴出几种墓碑上可能出现的话。

故事继续

　　你的人物接着展开进一步的探索，想要揭开墓志铭背后的故事。

写作提示 103

视角，口吻

一对情侣正在一家咖啡馆里分手。采用咖啡馆服务员的视角来叙述这一时刻。咖啡馆服务员可能是一个喜欢八卦的人、一个愤世嫉俗的人或者一个无药可救的浪漫主义者。

故事继续

一名体育比赛解说员报道同一幕场景。

写作提示 104

科幻小说，幽默文学

你的人物在一次太空度假中发现了一种惹人喜爱的太空生物，并决定把它偷运回家，作为宠物。描述这种生物。

故事继续

这种生物拥有神秘的力量和搞破坏的习惯。描述人物回家的途中发生了什么。

写作提示 105

人物

    在一本杂志上或者网上找出两张没有关系的面孔。创造一个两人相遇的时刻。

故事继续

    接下来，想象这两个人物早已相识多年。为二人关系中最重要的时刻画出一条时间线。

写作提示 106

幻想小说，爱情小说

    创造一只怪物。它生活在哪里？长成什么样？为什么被看作怪物？简述这只怪物的恋爱史。

故事继续

    这只怪物给过去的一个爱人写了一封信。

写作提示 107

背景，悬疑小说

想象一个秘密的藏身之处并丰富细节。它在哪里？它看起来是什么样的？给出找到那里的指示。

故事继续

指定好谁在给谁指路，解释他们为什么有这样一个藏身之处，又为什么揭露藏身之处的地址。

写作提示 108

人物，情节

创造一个惧怕改变的人物。描述这个人的每日日程。他为了保持一切不变，愿意做到什么地步？

故事继续

引入一个新人物，令其打乱第一个人物的生活节奏。他们的这段关系会如何挑战或改变第一个人物？

写作提示 109

回忆录，形式

回忆过去曾陷入挣扎的一个时刻。给年少的自己写一封信，提供建议或安慰。

故事继续

让未来的自己给现在的自己写一封信，给出建议或观点。

写作提示 110

人物，情节

创造一个痴迷于某种颜色的人物。这种痴迷在其生活中（穿衣、家居装修、工作生活等）是如何体现的？

故事继续

这个人物对于颜色的痴迷引发了一个问题或者制造了一场意料之外的胜利。描写这一场景。

写作提示 111

生活片段，诗歌

捕捉一个人物在完成一项枯燥的任务时走神的状态。你可以把白日幻想、代办事项、回忆、歌词等内容拼贴在一起。

故事继续

把思维游荡的碎片组织成一首诗。

写作提示 112

冒险小说

你以前塑造过的一名英雄正在追捕一名恶人或者被恶人追赶。写出一个包含五种不同交通方式的动作序列。

故事继续

引入一场打斗、一个幽默时刻或者一次惊险逃脱。

写作提示 113

幻想小说

列出一份常见的童年恐惧清单（一只活过来的娃娃、一只住在床底的怪物等）。对于一个孩子，一种恐惧变成了现实。

故事继续

危险跟看起来的不一样。这个故事有一个喜剧结局。

写作提示 114

悬疑小说

一个人物正在前往某个十分重要的地方，但是不想让任何人知道。这个人要前往何处？这个地方为什么重要？如果没能抵达，会有什么后果？

故事继续

有人打乱了这个人物的计划。会有什么事发生？

写作提示 115

回忆录，形式

　　写一份有编号的详细的指南清单，标题为"如何成为我"。

　　加入与穿衣、饮食、家务、睡眠、音乐和人际关系有关的指示。

故事继续

　　在你的一个虚构人物身上重复同样的练习。

写作提示 116

人物，背景

　　一个人物返回到一个在早年对其很重要的地点。描述这个场景。这个人物看到了什么？做出了什么样的反应？他的脑中浮现了哪些记忆？

故事继续

　　因为这次故地重游，这个人物的身上发生了某些变化。

写作提示 117

开篇

　　用"听着，＿＿要告诉你一些事情。"开始你的故事。空格代表什么？（树林、你的细胞、地方执政官、你的母亲？）谁在说话？"你"会得到什么消息？

故事继续

　　"你"对于这个消息有何感受？

写作提示 118

独白，场景

　　一名恶人被擒住之后，发表了一份说辞，以合理化自己的行为。这名恶人做过哪些恶行？恶人相信自己的故事吗？写下这份说辞。

故事继续

　　写一个恶人童年时代的场景。

写作提示 119

人物

想象你正站在距离你创造过的某个人物几米远的地方。详细地描述这个人物。

故事继续

把这个人物放到半个街区以外的距离上，再进行一次描述。描述这个人物的外形、动作及其与环境的关系。

写作提示 120

诗歌，开篇

从之前的不同篇目里抽取八句话。按照抽取的顺序把它们写下来。

故事继续

重复使用其中的一行作为你的诗歌的第一句和最后一句。打磨你发现的这首诗。

写作提示 121

人物，背景

　　选择一个你已经创造出来的人物，描述这个人物的梦中情房。这座房子坐落在何处？它的外观是什么样的，又有什么样的气味？它有哪些生活便利设施？

故事继续

　　描述你的人物目前的居住条件。

写作提示 122

爱情小说，幽默文学

　　两个敌人是一部戏中的爱情男女主角。写下他们的对话，并使用斜体字或括号来引入他们暗自发出的怒骂与怨怼。

故事继续

　　他们戏台上的吻忽然变得热烈而真实。

写作提示 123

回忆录，形式

　　采用童话的风格写一个有关你的教育或职业的故事。以"很久很久以前……"为开头。

故事继续

　　在你的故事里，谁是恶人，谁是善良的仙子？

写作提示 124

背景，场景

　　写一幕天气与人物心情相悖的场景。人物会对天气作何反应？

故事继续

　　写一幕天气反映人物心情的场景。调用所有的感官。

写作提示 125

冒险小说

在另一个宇宙里，所有的 17 岁少年都要参加一场群体的成年礼。这是一场什么样的仪式？它扮演了什么样的文化角色？

故事继续

一个少年决定破坏这场仪式。为什么？发生了什么？

写作提示 126

形式，诗歌

写出令你感激的一系列事情，大大小小的事都可以，但是要具体，其中提到一种颜色、一只鸟、一顶帽子和水。

故事继续

针对清单中最令人意外的一个或多个项目，写一首感谢诗。

写作提示 127

场景，背景

想象你的人物身处一幅名画之中。（真实或抽象的）图像是三维的。描述这个人物看到、闻到、尝到和听到的东西。

故事继续

画中的某个东西或某个人动起来了。接下来会发生什么？

写作提示 128

对话

想出两个互相不认识且相处不会融洽的名人或著名角色（在世或不在世均可）。写一段表现他们意见不合的对话。

故事继续

一个新的人物加入了这场交谈，提出了一个新角度。

写作提示 129

悬疑小说

    一个人想尽办法地追查一位用笔名写作的知名答疑专栏作家的真实身份，却被自己的发现震惊了。

故事继续

    你的人物有没有揭开了这位专栏作家的真实身份？

写作提示 130

幻想小说

    一个人物发现了一本指甲大小的微型书。这个人物拿出了一只放大镜。这本书是什么样子的？书里有什么？

故事继续

    这本书启发你的人物开始了一段探寻之旅。

写作提示 131

回忆录，情节

　　描写一次你接受陌生人恩惠的经历（你的车抛锚了，你不会说当地的语言，你的手机没电了，等等）。

故事继续

　　写一个虚构的版本，展现最好的和最差的结局。

写作提示 132

人物，形式

　　选择你已经创造过的一个人物。假装你是一名心理治疗师、一位某种形式的法官或者一名调查记者。采访这个人物，记录人物的回答。

故事继续

　　对于你的人物而言，最难讨论的话题是什么？为什么？

写作提示 133

场景，情节

　　描述一头在百货商店里漫步的老虎。加入一些细节，比如气味、声音，以及对货架上的衣服、灯光质感和老虎如何走动的描述。

故事继续

　　前一天发生的什么事情引发了这一时刻?

写作提示 134

人物

　　发明一个名字。在这个名字的启发下，写一个人物小传。介绍这个人物的年龄、外貌、身世、所在地、职业、最奇特的怪癖等。

故事继续

　　加入这个人物与名字之间的关系的一则记忆。

写作提示 135

幻想小说，情节

一个孩子有一个藏有某一类离奇的物品的怪亲戚，比如中世纪的盔甲或形状奇特的石头。孩子偷了一件这样的物品，意料之外的事件随之发生。

故事继续

写下这个亲戚的背景故事。

写作提示 136

人物

选择一个你十分了解的人。描述这个人是如何通过自己的手势、面部表情和语气语调来表露情绪的。你怎么知道这个人是厌烦、紧张还是悲伤？

故事继续

在一个虚构人物身上重复同样的练习。

写作提示 137

回忆录

　　以"我记得……"这个句式开头或重复使用这个句式，写下你童年时的一种气味（苹果、雨中的沥青、烘烤中的面包、一个家庭成员的古龙香水等）。

故事继续

　　写下你当下生活中的气味、味道和声音。

写作提示 138

幻想小说，场景

　　一个孩子发现自己拥有一种没用的超能力。写下这个孩子发现自己有这种超能力时的场景。这幕场景发生在哪里？这是一种什么样的超能力？孩子有什么样的反应？

故事继续

　　一名饱受尊敬的超级英雄给这个孩子提供了某些智慧的或无用的建议。

写作提示 139

科幻小说，幽默文学

你的人物是一个外星人，正在为自己的"高级人类研究"课程进行观察人类的活动。写出实验室的笔记本电脑上记录的一页。

故事继续

你的人物得到了 C- 的成绩，绞尽脑汁地说服导师给自己提高分数。

写作提示 140

口吻，视角

以三种不同的口吻讲述一场轻微交通事故的不同版本（初次上路的青少年，上班迟到的老师，车后座上的幼童，等等）。

故事继续

用其中一个人的口吻继续讲这个故事。

写作提示 141

诗歌

列出一份你已然失去之物的清单（物品、朋友、信仰等），精简地解释你为何会遗失该物以及你对此作何感受。把你的清单排列成一首诗。

故事继续

添加一个时间、一个地点和某个人的名字。

写作提示 142

冒险小说，场景

写一场发生在移动中的单轴拖车上面或里面的动作戏。选择一个充满危险或悬疑的时刻，并使用感官细节把这个时刻放慢。

故事继续

这场戏发生的前一天发生了什么事？

写作提示 143

独白，情节

　　创造一个内心对某事产生怀疑的人物（童年的信仰、婚姻、胜任新工作的能力等）。写下这个人的内心独白。

故事继续

　　为了化解这份犹疑，你的人物采取了什么行动？

写作提示 144

幻想小说，场景

　　一对情侣乘着一只热气球飞升到了另一个宇宙。描述他们的所见和他们的反应。

故事继续

　　其中一个人物想要留下，另一个则想要回家。

写作提示 145

回忆录，背景

　　运用所有的感官描述一个仿佛归你所有的童年地点，比如一座城堡、一个壁橱、朋友的房间或者一丛树林。

故事继续

　　使用第三人称描述这个背景中的你。

写作提示 146

独白，对话

　　一个人物相信自己在某件事情（唱歌、绘画、时装设计、汽车修理等）上格外优秀，而实际上却相当的差。让这个人物吹嘘自己的作品。

故事继续

　　另一个人物努力地给予礼貌的回应——但不能说谎。

写作提示 147

科幻小说

一颗行星上的居民没有眼睛和耳朵，而是通过运动、声音、思想和情绪的波动来进行感知。描述在他们身体中的感觉。

故事继续

一名人类学习如何同这类生物进行交流。

写作提示 148

爱情小说，独白

一位伴娘暗恋着新郎。写下她的新婚祝词。她在其中暗示了自己的感受。

故事继续

写下一位暗恋这个伴娘的客人的内心独白。

写作提示 149

幽默文学，生活片段

你的人物因为在社交媒体上发布一些深刻的引语而有了名气，而这些引语其实只是他两三岁孩子的胡言乱语。写下这些引语。

故事继续

你的人物对于这份名气的反应如何？

写作提示 150

悬疑小说

你的人物出门倒垃圾，瞥见了邻居的垃圾桶，垃圾桶里的某些物品显示这名邻居卷入了某些不道德的活动当中。描述这个人物发现的东西。

故事继续

邻居来敲门。

写作提示 151

诗歌

选择一个你很熟悉的话题（建筑、烹饪、名人八卦、政治等）。随意写下与这个话题相关的一些词。用这些词写一篇社会评论或者有关一段恋爱关系的故事。

故事继续

把你的文字重新排列成诗。

写作提示 152

幻想小说

你的人物独自一人居住，但总是在房间的各个角落发现一些奇怪的便利贴。这些便利贴上写了什么？

故事继续

你的人物发现这些便利贴来自一只鬼。描述他们的第一次接触。

写作提示 153

诗歌，修订

　　写一首压尾韵的短诗。可以借助在线押韵词典。

故事继续

　　重新组织这首诗，把原来的韵脚移到每行诗的中间。

写作提示 154

对话

　　一个人物试图通过故意误解别人的方式获得自己想要的某样东西。这个人想要的东西是什么？装傻充愣的方式是什么？写下这段对话。

故事继续

　　另一个人物试图纠正这个误解，但是不成功。把这段对话继续下去。

写作提示 155

人物

创造一个不太可能存在的人物。这个人物的外貌如何？行动和说话的方式如何？生活的地方在哪里？描述出这个人物的人际关系。

故事继续

给这个人物设计一个背景故事，令其更容易引起人们的共情。

写作提示 156

修订

选择一则你之前写好的故事。重写这则故事，把每句话都改成3～5个词的长度。

故事继续

用特别长的句子重写同一则故事，或者用一个极长的句子把故事写完。

写作提示 157

悬疑小说

　　写一件引发了冲突的传家宝（珠宝首饰、一幅画、一道祖传菜谱）。谁想要或者不想要这件传家宝？为什么？

故事继续

　　这件传家宝诱发了某个人实施犯罪。

写作提示 158

回忆录

　　介绍你的全名。是谁给你起的名字？你的姓和名各代表什么含义？你有哪些绰号或昵称？你对自己的名字感觉如何？

故事继续

　　随着时间的推移，你对自己名字的感觉产生了怎样的变化？

写作提示 159

幽默文学，形式

　　一名房产中介正在拼命地兜售一栋闹鬼的房子。写下这名中介为前来参观房子的潜在买家准备的推销话术。

故事继续

　　完成一篇特写，详细地刻画买下这处房产的个人或者家庭。

写作提示 160

爱情小说

　　隆冬时节，两个人物搬到了同一个小镇上。脑暴出他们相遇与相爱的三种方式：一种偏幽默，一种偏悲伤，一种偏恐怖。

故事继续

　　多年以后，这两个人物回忆起这次初遇。

写作提示 161

情节

　　你听过的最有料、最奇怪、最伤感或者最令人震惊的八卦是什么？将它作为灵感来源，编织一个情节。

故事继续

　　改变人物或背景的关键细节信息，使这则故事有一个全新的反转或结局。

写作提示 162

对话

　　一对伴侣在打扫房间时围绕某件事起了争执。他们言语上相敬如宾，但是通过打扫房间的方式（比如带有攻击性的吸尘、叮叮当当地撞响银具等）表达出了真实的情绪。

故事继续

　　一个人物打碎了某样东西，由此引发了一场开诚布公的交谈。

写作提示 163

形式

选择一个接收邮件很多的人物（古鲁大师、政客、电影明星、圣诞老人等）。列出给这个人物写信的人的部分名单及其所求内容，并进行简要的描述。

故事继续

写出其中一封或几封邮件。

写作提示 164

生活片段，对话

写一段发生在两个遛狗的人之间的对话，他们只知道对方狗的名字。他们谈论的是狗，但是私下里想要了解对方的情况。

故事继续

交谈的过程中发生了一次话题转移。这次转移的内容是什么？引发转移的因素是什么？

写作提示 165

修订

从前面的练习中选择一个故事，为这个故事脑暴出一个悲喜交织的结尾。

故事继续

写一句总结的话，包括一种姿态、一个动作或者一段关于背景的描述。

写作提示 166

对话

创造一个在交谈中时时误听的人物。而另一个人物正努力争取优先做某件事。写下这段对话。

故事继续

第一个人物是在故意误会第二个人物。加入一个透露出这个真相的时刻。

写作提示 167

开篇

翻开一本书或一篇文章，闭上眼睛，随意指一个词。把这个词用在你的故事的开篇第一句话里。在接下来的每句话上都重复这个操作。

故事继续

把找到的第一个词用在最后一句话里。

写作提示 168

人物

选择你已经创造过的一个人物——或者创造一个全新的人物。写下这个人物与自己身体不同部位（鼻子、手腕、膝盖、脚趾、手肘等）相关联的一系列记忆。

故事继续

选择其中一份记忆详细展开。

写作提示 169

幻想小说，独白
　　一扇有魔法的门做出许诺：门后可以实现一个人物最强烈的愿望。写下这个人物把自己的手放在门把手上时的内心独白。

故事继续
　　这个人物愿望的实现引出了一个新的问题。

写作提示 170

冒险小说
　　一个人物在废品场有了一个意外发现，比如发现一只异域生物、一条隧道或者有人居住的小房子。描述这个人物发现意外的场景。

故事继续
　　列出三种接下来可能发生的事件。

写作提示 171

回忆录，生活片段

写下你关于椅子的记忆（小学教室里的椅子、童年时代家里的扶手椅、与你的某些朋友或者家人有关联的椅子等）。

故事继续

描述一把存在于你当下生活中的椅子，阐述你跟这把椅子的关系。

写作提示 172

幻想小说，诗歌

赋予风以生命。它的父母是谁？它想要什么？它的性格如何？它有朋友吗？

故事继续

以风的口吻写一首诗，或者写一则寓言，让风在故事里得到一个教训。

写作提示 173

人物

　　创造一个人物，令其痴迷于某种大多数人都不喜欢或注意不到的东西（蜘蛛、真菌、树皮等）。站在这个人物的角度描述这种东西。

故事继续

　　这种痴迷对人物的生活和人际关系有什么影响？

写作提示 174

悬疑小说

　　一个女人正在探索她已故未婚夫的宅邸。她在一个衣橱里发现了一件沾满颜料和草屑的婚纱。她会做出什么反应？

故事继续

　　上一任妻子身上发生了什么事？

写作提示 175

科幻小说

一个孩子在本地的公园里看到了一个新的沙坑。孩子踩进了沙坑里，发现里面的沙子其实不是真的沙子。它是什么？（纳米机器人？传送门？还是一只沙怪？）接下来会发生什么？

故事继续

是谁把"沙坑"放在了这里？他为什么要这么做？

写作提示 176

幽默文学，口吻

你的人物是一名服装设计师，正在试图通过提交荒诞的设计稿的方式争取被开除。不幸的是，老板和客户都很喜欢这些设计。描述其中的几款设计。

故事继续

一位买下其中某件衣服的客人滔滔不绝地向自己的朋友炫耀自己的精彩收获。

写作提示 **177**

场景

父母告诉孩子他们正在办理离婚。几年之后，关于这个时刻，孩子
还记得哪些视觉上的细节？（牛仔裤上松脱的线头？带图案的瓷砖？）

故事继续

在这份记忆中加入声音、味道或气味的细节。

写作提示 **178**

口吻，独白

一个商人不小心把一片强力安眠药当作早餐维生素片吃了下去，然
后又不得不去发表一次重要的演说。写下这个商人的演讲稿。

故事继续

加入人物的姿态和身体语言。

写作提示 179

独白，形式

脑暴出据你所知尚未有人写过的奇特音乐剧的点子。选择其中一个点子，写出你的标题。

故事继续

为你的主要人物写下开场独白。

写作提示 180

幽默文学

人类在 10 周岁生日当天，额头上会以文字的方式显现出自己最大的特长。你的人物获得了一个令人迷惑且不同寻常的词："曲奇饼干。"它是怎么成为一种特长的？

故事继续

写出你的人物 10 周岁生日当天的一幕场景，或者写下其认识到这个词所代表的力量的那个时刻。

写作提示 181

回忆录

列出你感到害怕的一些时刻。包括想象中的恐惧（一只怪物）、现实中的恐惧（走在山崖边上）和抽象的恐惧（对于变化的恐惧）。

故事继续

选择其中一个，展开更多细节。你是如何应对自己的恐惧的？

写作提示 182

视角

一架孩子们都喜欢的用轮胎做的秋千正眼看着本地的孩子们长大成人、搬家离开。采用这支秋千的视角讲述一个故事。

故事继续

用截然相反的语调重写你的叙事（如果第一版是忧郁的，那么这一版就要兴高采烈）。

写作提示 183

修订，背景

从之前写过的作品中选择一个片段，改变背景设定（一间客厅变成一艘帆船，一座公园变成一间乌烟瘴气的酒吧，诸如此类）。新的背景给故事带来了哪些改变？

故事继续

植入一些人物与环境发生互动的时刻。

写作提示 184

生活片段，诗歌

写出不同种类的静，比如同某个心爱之人在一起时的安详静谧，暴风雪之后的寂静，或者一场打斗之后气氛紧绷的沉静。

故事继续

写一首关于静的诗。

写作提示 185

悬疑小说

　　一辆被嫌疑人丢弃的汽车里装有一罐红色油漆、一支融化的蜡笔、一顶蓝色的假发、一张凤凰城的地图和一本日记。日记里只有一个词：萨姆。脑暴出背景故事。

故事继续

　　描述找到这辆车的人物。

写作提示 186

对话

　　一个人物正努力安抚一位处于悲恸中的亲戚，但是这个人物不停地说错话。写出这段对话。

故事继续

　　这位亲戚被人物说的某件事逗笑了，缓解了紧张的气氛。

写作提示 187

诗歌

　　脑暴出一些你认为与洞穴有联系的词（史前、蝙蝠、黑暗、宝藏等）。使用这些词来描述一种情感状态。用这种情感状态作为标题。

故事继续

　　把你最喜欢的句子和短语重新组合成一首诗。

写作提示 188

冒险小说

　　写一次不顺利的实践（遭遇僵尸的攻击，遇到一个笨手笨脚的导游，被困在博物馆的木乃伊展示区，等等）。其间发生了什么事？

故事继续

　　一个不太可能出现的人物作为英雄现身。

写作提示 189

独白

你的人物在一场独白中给出了一些非常差的建议。你可以选择一个话题或者一系列话题（职业、爱情、财务、维修等）展开描述。

故事继续

说话的人是谁？听众是谁，反应如何？

写作提示 190

人物

间接地揭示出一个人物的年龄。你可以选择外貌、衣着、行动、用词、言语模式或其他人物对其做出的反应等角度。

故事继续

对于同一个人物的不同年龄进行反复练习。

写作提示 191

幻想小说，场景

　　你的人物是一位会时间穿越的魔法师，被卷入了一场戏剧化的追逐戏中，其中涉及一辆 2012 年的迷你小货车。先确定好这个人物的能力和局限，然后描述这幕场景。

故事继续

　　为你的魔法师写一则简短的人物小传。

写作提示 192

科幻小说

　　想象出一项将会改变人类的技术。描述出存在这项技术的未来世界。不同类型的人会受到不同的影响吗？

故事继续

　　创造出一个参与了这项技术的发明或破坏的人物。

写作提示 193

回忆录，情节

　　选择你生活中的一个主题（爱情、职业、目标感、家庭等）。在你的生活情节中，快速写下与该主题相关的一个低点、一个高点和一个转折点。

故事继续

　　写一幕重要的场景。

写作提示 194

幻想小说

　　你的人物在夜里出门散步，听到月亮在跟自己说话，而其他人好像都听不见。月亮说了什么？你的人物有什么反应？

故事继续

　　月亮唱了一首舒缓的歌曲。

写作提示 195

悬疑小说，口吻

　　有一起案件发生。一名积极阳光、衣着亮丽的幼儿园老师正在以她最拿手的老师口吻盘问嫌疑人。这名老师其实是一名秘密兼职的私家侦探。

故事继续

　　她之前还破过哪些案件？

写作提示 196

修订，情节

　　选一则你已经起笔的故事。加入一个新的主要情节，比如一场死亡、婚姻或者出生。勾勒出你的新的故事梗概。

故事继续

　　写一幕新故事中的重要场景。

写作提示 197

生活片段，诗歌

选择一个有丰富声音的地方（海滩、游乐园、自助洗衣店等）。列出你在这个地方听到的一系列声音。

故事继续

写一首诗，要包含你所列清单中的声音。

写作提示 198

人物，场景

你的人物与睡眠有一种错综复杂的关系（害怕入睡、失眠、梦里会预见未来、鼾声过大而打扰他人等）。写一幕有关睡眠的场景。

故事继续

再写一幕这个人物的睡眠影响到其他人的场景。

写作提示 199

幻想小说，幽默文学

　　写一个每次打喷嚏都会在时间上倒退三分钟的人。

故事继续

　　这个人对花粉过敏，又不小心在一个风大的春日里误入了一片鲜花盛开的花田。

写作提示 200

情节，人物

　　你的人物在偷窃、说谎、偷偷溜出门、泄露秘密或者在别人背后说人坏话的时候被抓了现形。描述这个时刻，以及人物做坏事的动机。

故事继续

　　多年以后，这个人对于自己的行为有什么感受？

写作提示 201

对话，视角

　　你的人物正在同一名权威人物（市长、老板、家长、警官等）展开争辩。你的人物想要的是什么？他们为了得到想要的东西而采取了哪些策略（恐吓、勒索、谄媚等）？

故事继续

　　采取权威人物的视角，写下其内心的独白。

写作提示 202

生活片段，形式

　　你的人物写了一封发不出去的道歉信。（可能是因为收信人已经死了，或者收信人拒绝读这封信——也可能是因为这个人物想要道歉的对象是一个地点、一件物品或者一种理想。）

故事继续

　　引入一些回忆。

写作提示 203

冒险小说

一个人物收到了一张明信片，是你另外一个故事里的人物发出的求救信。这两个人物互相认识吗？明信片上写了什么？

故事继续

一场冒险随之展开。

写作提示 204

生活片段，对话

写一段发生在两个朋友之间的对话。两个人各自想要谈论毫无关系的不同话题，于是频繁地打断彼此的发言。（例如，一个人想要谈论自己的母亲，另一个人则在思考一份食谱或者某个工程问题。）

故事继续

在很短暂的一瞬间，他们对上了话头。

写作提示 205

情节，人物

　　选择你已经创造过的一个人物。给这个人物安排一项巨大的、全新的挑战（一次诊断、一场自然灾害、一次被捕、一场背叛等）。这个人物在这个时刻做出了什么样的反应？

故事继续

　　这项挑战给你的人物带来了哪些改变？

写作提示 206

回忆录，形式

　　选择你所隶属的一个群组，比如家庭、团队或者工作场合，列出一张潜规则清单（穿搭规范、交谈礼仪、共享信念等）。

故事继续

　　描述打破其中某一条规则的后果。

写作提示 207

幽默文学，人物

你的人物曾是一名赛车手，但是后来因为挥霍无度而破产，找了一份校车司机的工作。描述这名车手第一次开校车的经历。

故事继续

同一名学生结下的友谊让这名车手浪子回头。

_____

_____

_____

_____

写作提示 208

人物

选择你已经创造过的一个人物。描述这个人物行走、呼吸、握手、眼神交流、坐在椅子里和摆出睡觉姿势的方式。

故事继续

写出你的人物关于自己身体的感受。

_____

_____

_____

_____

写作提示 209

情节，人物

选择一起重大的历史事件，比如"9·11"或刺杀肯尼迪。想象一个在某些方面被这起事件改变了的人物，讲述人物的故事。

故事继续

调研这起事件的真实细节，并加入故事里。

写作提示 210

诗歌

快速写下有关空间的想法和意象（外太空、负空间、一个空盒子里的空间、高高的天花板下的空间、关于空间的提问等）。把你的文字碎片整合成一首诗。

故事继续

在你的诗中创造空间。

写作提示 211

爱情小说，口吻

　　你的人物是一名年轻的探员，接到的任务是审问一名谋杀案的嫌疑人。探员走进审讯室，发现嫌疑人是自己的情人。写下他们的开场对话。

故事继续

　　这名探员会为自己的情人掩护开脱，还是会优先洗脱自己与此事件的关系？

写作提示 212

对话，场景

　　疏远几十年的两兄弟（或兄妹／姐妹／姐弟）在一家酒店重逢。他们想要修复彼此的关系，但是仍然放不下心里的怨憎。写出他们的对话。

故事继续

　　写一幕闪回场景，回到他们的孩提时代，并在其中埋下问题发生的原因。

写作提示 213

幽默文学，对话

　　两名木偶师在创意上持有尚未调和的分歧。一个认为他们的海盗木偶戏应该是一出悲剧，另一个则认为这应该是一出浪漫喜剧。描述观众看到的这场不协调的表演。

故事继续

　　写下两名木偶师在幕后进行的对话。

写作提示 214

修订

　　选择一篇之前完成的篇目，加入或者强调有象征意义的一种颜色或一件物品。

故事继续

　　加入一个有象征意义的动作，比如一个人物剪掉自己的头发或者丢掉一封情书。

写作提示 215

幻想小说，形式

　　描述一所专为青少年版本的经典儿歌中的人物（矮胖子、洋娃娃、牧羊女小波）开设的寄宿学校。学校里都有哪些学生？谁跟谁是好朋友？这里会发生哪些冲突？

故事继续

　　写下这所学校行为手册上的守则。

写作提示 216

冒险小说

　　一名教授被犯罪大师团伙绑架。他在某个偏门的细分领域里是一位世界知名的专家，而犯罪大师正需要这个领域的专业知识。这是一个什么样的领域？犯罪团伙需要的是什么？

故事继续

　　教授做出了一个选择。

写作提示 217

回忆录

写一段与驾驶相关的回忆（一次公路旅行、一场车祸、驾照考试、被警察拦住检查、在恶劣的天气里驾驶等）。

故事继续

加入两种不同的情绪，比如负罪与兴奋，或者厌烦与恐惧。

写作提示 218

悬疑小说，对话

一个人物对于自己的一个同学在多年前神秘去世的事情始终无法释怀。偶然间翻到的一则新闻简报让这个人物决心对此展开调查。

故事继续

这个人物同一名嫌疑人进行了一番对话。

写作提示 219

回忆录，形式

　　想一想你最近做过的最好或最差的一顿饭。把自己当作一名美食评论家，为这顿饭写一份评论，要兼顾色、香、味。

故事继续

　　编造一些品尝过你手艺的人给出的评论，并引用进来。

写作提示 220

科幻小说，形式

　　写出来自遥远的未来或另一个宇宙的一群人的价值观和信仰。他们崇拜什么，有哪些宗教仪式？他们的信仰对日常生活有什么影响？

故事继续

　　写下他们信仰中的核心守则。

写作提示 221

形式

你的人物给一位名人（艺术家、演员、活动家、精神领袖等）写了一封粉丝来信，深信名人可以解决自己的全部问题。写出这封信。

故事继续

这位名人写了一封诚恳的、剖白自我的回信。

写作提示 222

幽默文学，场景

选择一个某种文类下的典型人物，并把这个人物置于另外一种文类当中（例如，把一则爱情小说的主角写到一场科幻小说的战斗情节当中），写一幕滑稽的场景。

故事继续

你的人物虽然走错了片场，却成为救场的人。

写作提示 223

情节，场景

　　从你的生活、家族历史或者某位朋友的处境中寻找灵感，选择一个秘密。把这个秘密安排给一个虚拟的人物。写一幕该人物努力隐藏秘密的场景。

故事继续

　　写一幕秘密被曝光的场景。

写作提示 224

人物，场景

　　写一个人物。这个人物身上最大的优点同时也是其最大的弱点（一个乐观的人可以很天真，一个井井有条的人可以很古板）。

故事继续

　　写两幕场景：在一幕场景里，这种特质对人物有益；在另一幕场景里，这种特质招致了苦难。

写作提示 225

爱情小说，对话

　　从之前的篇目中挑出一个你喜欢的句子。一个人物在一次不同寻常的搭讪中使用了这句话。被搭讪的人给出了什么样的回应？

故事继续

　　列出三起引发两个人物坠入爱河的事件。

写作提示 226

情节

　　想象你的人物创造了一个新词。这个词是什么？是如何被发明出来的？有什么含义？如何传播开来？有哪些人在使用这个词？

故事继续

　　这个词引发了一番争议。

写作提示 227

开篇

以"她从未想象过自己的终点在这里"开始你的故事。"这里"是哪里？天花板上？摩洛哥？喂养稀有品种山羊？

故事继续

她本来对自己的期待是什么？她的生命经历了一个怎样的转折？

写作提示 228

修订

选择一个之前写下的具有真实性的段落，重写这段话，让它听起来像是一则恐怖故事的开篇。

故事继续

再次修改这段话，让它听起来像是一部轻松的爱情小说、动作冒险小说或者反乌托邦科幻小说的开头。

写作提示 229

对话

把你身上最差和最好的品质分别赋予两个初次相遇的人物。他们最开始只是闲聊，然后话题突然变得严肃起来。

故事继续

两个人物讨论政治、宗教或者对未来的预言。

写作提示 230

修订

选择一个之前的篇目，阅读它，但不要回头看，只是记着你试图表达的内容，把它重新写出来。

故事继续

从两个版本中挑选出最好的句子，组合成第三个版本。

写作提示 231

悬疑小说

　　一个人物醒来时发现自己长了一道神秘的疤痕，这道疤痕昨天还没有。描述这道疤痕和人物的反应。

故事继续

　　写出背景故事。这道疤从何而来？为什么人物没有关于它的记忆了？

写作提示 232

回忆录，诗歌

　　列出你关于火的记忆（篝火、森林火灾、炉火、烛光、火柴、燃烧的物品或场所等）。展开其中的一则记忆，加入感官细节。

故事继续

　　加入情绪，比如恐惧、惊叹、讶异、绝望或希望，编成一首诗。

写作提示 233

对话

　　两个人物间有着不愿意开口讨论的冲突。他们在进行某种游戏的过程中暗示出自己真实的感情，比如打篮球、棋类游戏或者电子游戏。

故事继续

　　一个人物发火了。

写作提示 234

人物

　　选择一个你已经创造出来并想进一步了解的人物。让这个人物补全下面两句话："我曾经的心愿是……"和"如今我希望……"

故事继续

　　让这个人物再补全这个句子："再过几年之后，我的愿望将会是……"

写作提示 235

场景

你的人物正处于一种极不自在的状况当中（着装不得体，不了解仪式规则，在一处陌生的景点旅行，等等）。描述这幕场景。

故事继续

一个有趣的人物神兵天降，化解了这个困境。

写作提示 236

诗歌

选择两段之前写过的不相干的片段。从两个片段中轮流摘取句子，连成一首诗。可以理顺句子间的连接过渡，抹平最刺眼的不协调之处，但是要让这首诗保持特异性和惊喜感。

故事继续

调整诗行的长度，进行试验。

写作提示 237

幻想小说，视角

回忆一个你小时候听过的鬼故事，或者在网上搜索"吓人的都市传说"。在这个故事的启发之下，构思出一个故事梗概。

故事继续

写一幕故事中的场景，采用一名记者、旅行者或一个孩子的视角。

写作提示 238

独白，形式

一个人物获得了自己本来不配获得的一个奖项，在接受颁奖时感到愧疚不安。这是一个什么奖项？写下人物的获奖感言。

故事继续

写下本应获奖的那个人的内心独白。

写作提示 239

背景，冒险小说

　　三个青少年住在一处废弃的商场里。描述这个背景。他们最喜欢的地点和避而远之的场所有哪些？

故事继续

　　这几个青少年力图智胜某个正在追踪他们的人。

写作提示 240

幻想小说，形式

　　你的医生告诉你，你的骨头像鸟一样是中空的，而且看起来肩胛骨的下面有羽毛的毛囊正在发育。写下你的医生给你的诊断书和治疗方案。

故事继续

　　你的人物有遵从医嘱进行治疗吗？

写作提示 241

回忆录，场景

　　写下你自己的一段与实验或建造有关的童年经历。你有没有玩过乐高、在厨房里调制疯狂的饮料、用饮料瓶制作火箭、从晶体生长套件中培养出晶体，或者建造结构精密的碉堡？

故事继续

　　写一幕动用你所有感官的场景。

写作提示 242

开篇，口吻

　　使用第一人称叙事，用"做一个领导者，也有不好的一面"这句话开篇。使用一种轻松悠然的语气，同时揭示出这个领导者很危险。

故事继续

　　描写这个领导者童年时代的一个具有揭示意义的时刻。

写作提示 243

情节，形式

一个人物不小心给一个错误的对象发送了一条短信。这条短信说的是什么？它引发了什么问题？采用短信的形式展开情节书写。

故事继续

在对话中加入第三个人物的短信。

写作提示 244

人物

写一个在各方面都与你截然相反的人。你们只有一点相同：你们有同一种最害怕的东西。

故事继续

你们一起参加了一个互助小组。描述第一期活动时，发生在你们二人之间的互动。描述你们在最后一期活动中的交流。

写作提示 245

科幻小说，场景

你的人物不小心看到自己的老板或邻居在吃一种奇怪的东西（汽车保险杠、蚯蚓奶昔等），怀疑他们是外星人。写下这幕令人生疑的场景。

故事继续

你的人物偷看的时候被发现了。

写作提示 246

幻想小说

一个人物看到一座教堂，于是停下脚步进去参观。在教堂里，这个人物意识到彩色玻璃窗户的花纹展示的是自己生活中的场景。这里展示了哪些场景？人物的反应是怎样的？

故事继续

有三扇窗户呈现的是这个人物未来的场景。

写作提示 247

对话

　　由于保险条件不佳，一名经验丰富的治疗师在生病后只能接受一名新手治疗师的治疗。最初，新治疗师很紧张，老治疗师则十分不屑。写下他们的对话。

故事继续

　　两个人物从彼此身上学到了很多。

写作提示 248

悬疑小说，形式

　　你注意到，电视上的天气预报员在播报天气时加入了一些奇特的表述。你最终意识到，这些表述传递出了一条秘密信息。这是一条什么样的信息？这条信息是传达给谁的？有什么目的？

故事继续

　　写下其中一则奇怪的天气播报。

写作提示 249

口吻，背景

你的人物脑部受到击打后，无法进行清晰的思考。用一种符合其混沌的心理状态的口吻，叙述这个人物在努力回忆之前发生的事件时的思考过程。

故事继续

描述周围环境在人物模糊的视觉中所呈现的面貌。

写作提示 250

生活片段，背景

想想发生在同一个地点、三个不同年代的三幕场景。勾勒出这些场景的概貌，再用某种方式把它们联系起来。

故事继续

背景中的哪些细节保持不变，哪些细节发生了变化？

写作提示 251

情节，场景

　　你的人物偷了一把汤匙。给出十种可能的理由。

故事继续

　　选择最有趣的一个理由。写下偷汤匙的场景。然后，脑暴出五种可能的结果。或者写一幕这把汤匙又被另一个人从人物手里偷走的场景。

写作提示 252

背景，人物

　　选择一个人物，描述这个人物的卫生间：它是干净的，还是脏乱的？是大，还是小？卫生间里有哪些产品？药柜里或者水槽下存有哪些东西？

故事继续

　　哪个细节透露出了最多的信息？

写作提示 253

悬疑小说

你的人物看到母亲不小心把钱包里的东西掉了出来，然后迅速地把这些东西塞回了钱包，显得十分惊恐慌张。这里面有一件出人意料的物品。描述这幕场景。

故事继续

这位母亲有着什么样的神秘故事？

写作提示 254

回忆录，视角

写一段与石头有关的回忆（跳石头游戏，攀岩，被碎石子擦伤膝盖，发现海滩上的石头，等等）。加入气味、声音和感觉。

故事继续

采用石头的视角写下这段回忆。

写作提示 255

生活片段

　　根据你的想象，列出全世界此刻正在发生的具体活动，包括关于太阳、河流、音乐、食品和某只动物的一条描述。

故事继续

　　加入一个平和的时刻与一个受难的时刻。

写作提示 256

幻想小说，形式

　　你是一名记者，正在报道神奇生物界的奥运会。写一篇关于这场竞赛的新闻报道或文章。加入有关某些参赛者的背景故事。

故事继续

　　竞赛被某件事打断了。

写作提示 257

生活片段

你读到了一篇报道黑帮老大被捕的文章，意识到他曾是你小学二年级班上的同学。写下你关于他的记忆。

故事继续

多年以后，他作为向导，带你参观了拉斯维加斯的黑帮。写下他的独白或者你们之间的对话。

写作提示 258

独白，幻想小说

你的人物已经活了一千年，悟出了很多关于人性的道理。写下这个人物分享自己的观察和智慧的一场独白。

故事继续

加入这个人物关于对自己影响最为深远的一个时刻的记忆。

写作提示 259

爱情小说

你的人物失去了自己身上最宝贵的东西（美貌、有声望的工作、财富等），而直至此时才遇见真爱。这场遗失如何引导人物找到了自己的真爱？

故事继续

这场遗失在爱情关系中也引发了一些问题。这些问题是如何被引发的？

写作提示 260

修订

选择之前的一个故事，为其写一个新的梗概，让故事在过去与现在之间来回切换。

故事继续

通过加入日期或者其他的时间参照系，或者通过展现一个人物的回忆，让时间的切换更加明确清晰。

写作提示 261

幻想小说，形式

选择一个童话里的人物。写出这个童话人物青少年时代的一则日记。你也许会提及恋爱冲动、竞争对手，以及人物与父母的关系。

故事继续

作为一名青少年，这个人物最想要的东西是什么？

写作提示 262

口吻

把你的人物放在两种情境中，探索人物说话口吻是如何变化的：在第一种情境中，人物有掌控权；而在第二种情境中，人物感受到了威胁或者无力。

故事继续

当人物感到安全和被爱的时候，说话的口吻是怎样的？

写作提示 263

幽默文学，对话

　　一个人物因为醉酒驾驶而被羁押，这时他可以打一个电话。这个人物只能记住一个电话号码：牙医的办公室电话号码。写下这场发生在人物与接待员之间的电话交谈。

故事继续

　　接待员给人物讲了一个故事。

写作提示 264

修订

　　选择之前的一个篇目。把长度减半，但保持意思不变。

故事继续

　　不减少长度，而是增加一倍的长度。加入一种气味、一种声音、一件物品以及关于天气和光线的描述。

写作提示 265

背景，冒险小说

　　一群朋友发现了一座废弃的谷仓，决定进入探索一番。使用感官细节来描述这个空间。

故事继续

　　你的人物们发现墙上涂有吓人的文字和符号。这些文字表达了什么意思？接下来发生了什么？

写作提示 266

人物

　　三个兄弟姐妹对于一位祖父或祖母的去世表现出了不同的反应。可能其中一个深陷悲伤，一个尖酸刻薄，剩下一个则贪心不足。描述他们在葬礼上的行为。

故事继续

　　这位老人的遗嘱中将包含一个惊喜之处。

写作提示 267

回忆录，场景

想出你所了解的一名长辈的一则故事（祖父母、曾祖父母、邻居、朋友等）。在这个故事的启发下，写出一幕场景。

故事继续

写下在你的想象中，这个人在那一时刻最想要的和最害怕的东西。

写作提示 268

爱情小说，场景

两个人物在某个有点诡异的地方一起跳舞，比如在清晨的悬崖边、在深夜的游乐场或者在一个遥远的星球上。描述这幕场景。

故事继续

这两个人物有什么样的历史？他们为什么要在那里跳舞？

写作提示 269

生活片段

你的人物拾起了一件物品，这引发了人物的思绪在时间中漫步，游荡到遥远的过去、近来的过往以及未来。捕捉记录人物的思想活动。

故事继续

描述这件物品在人物手中的感觉。

写作提示 270

背景，人物

闭上你的眼睛，在地球仪或者（纸质或电子）地图上随机指一个地点。这是你的人物生活的地方（即便是在海洋之中）。描述这个地点。

故事继续

描述这个人物。

写作提示 271

场景

一个人物力图教给另一个人物某些自己感觉至关紧要的东西，而后者并不想从前者那里学习。写下这幕场景。

故事继续

五年之后，发生了什么变化？

写作提示 272

幻想小说

在一个平凡的夜里，你的人物推开自己公寓的房门，发现自己身处一间洒满阳光、充斥着微型飞龙的巨大房间。描述这幕场景。

故事继续

其中一条龙开口说话。

写作提示 273

修订，开篇

从之前的篇目里选择一个最喜欢的句子。写一则关于不同人物或情境的故事，用这句话作为它的开篇。

故事继续

从你创作的另一则故事中选择一个最喜欢的人物，加入这个新故事。

写作提示 274

科幻小说

你的人物有一个背包，背包上有很多口袋，口袋里的物品会消失，然后又再现。一天，一支钢笔重新出现，带来了来自另一维度中的一个人物的口信。这个口信讲了什么内容？

故事继续

你的人物试图定位这个口信的主人。

写作提示 275

幻想小说，幽默文学

冥王星这颗行星的父母觉得他总是表现得不好。如今，他被踢出了行星的行列，搬回了家。写一段冥王星的父母试图激励冥王星的话。

故事继续

写下冥王星的五年计划。

写作提示 276

对话，场景

为遭到拒绝的物品或人创建一个互助小组（多了一条裤腿的裤子、毕业晚会上舞伴没有现身的毕业生、一种不再生产的零食等）。描述一次小组活动。

故事继续

给这个小组的领导者做一次人物特写。

写作提示 277

背景，人物

　　设想出一张藩篱，让它清晰地浮现在你的脑海中。它隔开或保护的是什么东西？缓慢地扩展你的视野，描述这张藩篱周围的背景。

故事继续

　　描述一个与你的藩篱有关的人物。

写作提示 278

开篇，背景

　　用这句话开启你的故事："这个南部的村庄已经有很长时间没有下过雨了。"接下来描述故事背景，或者介绍一个人物。

故事继续

　　加入关于雨的描述。

写作提示 279

幻想小说，冒险小说

　　你的人物得到了一份预言（来自一个奇怪的儿童、通灵师、幸运饼干、新闻报道等）。起初，你的人物拒绝相信这个预言，但是在一些证据出现之后，他又开始相信了。

故事继续

　　加入一场搜寻和一场追逐的桥段。

写作提示 280

爱情小说

　　你的人物志愿参加一个保护海龟的项目，迷恋上了项目中的另外一个志愿者。后者看上去与海龟相处起来更加舒适，而不是与人类。你的人物是如何让这个迷恋对象"卸下龟壳"的？

故事继续

　　描述一场尴尬的初次约会。

写作提示 281

人物，形式

选择你已经创造过的一个人物。列出这个人物可能会保存的一些清单，可以是心灵上的，也可以是实在的（行动清单、对自己不好的人的名单、未来的目标列表等）。

故事继续

这里有哪份清单是人物不再保存的?

写作提示 282

悬疑小说，对话

你的人物在开车时分神，撞上了另一辆车，然后把车停在路边，下车交流信息。另一位驾驶员是这个人物的前任未婚夫 / 妻，前者本以为后者已经在一场船难中丧生了。写下他们的对话。

故事继续

加入一段闪回。

写作提示 283

幻想小说，幽默文学

写一幕为食品品牌吉祥物开设的课堂的场景。当老师提问时，这些吉祥物会尽可能地使用他们的广告语。

故事继续

描述学生之间的关系和竞争。

写作提示 284

修订，场景

选择一个之前写过的故事的开头。编入背景杂音，比如交通声、鼾声、鸟鸣、碟子碰撞声或从邻近房间透过来的低语声。

故事继续

一个人物对某种声音做出了身体上或情绪上的反应。

写作提示 285

回忆录，背景

描述一处吸引过你、吓到过你或者魅惑过你的童年场所：一个洗衣槽、一栋神秘的房子、亲戚的一个藏有宝藏的抽屉等。

故事继续

接着"如今回想起来，我理解了……"这句话，继续往下写。

写作提示 286

情节

一个不受欢迎的客人前来拜访你的人物，并拒绝离开。这个客人是谁？为什么不愿意离开？

故事继续

你的人物为了摆脱这名不受欢迎的来访者，设计出了一个不同寻常的方案。

写作提示 287

视角

选择一个群体（家庭、团体、行业、同代人等），使用"我们"这个代词为这个群体发声。（我们信仰什么？我们长什么样？如何说话？如何行动？如何打发时间？）

故事继续

某个人向这个群体发起了挑战。

写作提示 288

对话

在一个派对上，两个人物亲密地交换关于第三个人的八卦消息。写下他们的对话，加入肢体语言。

故事继续

第三个人物没有听到关于自己的八卦，也加入了这场交谈。写下这场尴尬的对话。

写作提示 289

科幻小说，幽默文学

在未来，一名青少年必须通过家庭宇宙飞船驾驶考试。描述教练、考试和几场险些发生的事故。在其中加入一些对话。

故事继续

第二天，这名青少年给朋友们讲了一个被夸大的故事。

写作提示 290

爱情小说，形式

一位以聒噪的高能电视广告闻名的二手车推销员通过电视广告向自己所爱的人求婚。描写一下这则广告。

故事继续

写下被求婚者看到广告时的场景。

写作提示 291

回忆录

　　写下你关于一双鞋子的记忆（便宜的鞋子、贵的鞋子、梦中情鞋、你心爱的鞋子、让你窘迫的鞋子、弄疼你的脚的鞋子等）。

故事继续

　　写下你童年时代关于父母（或其他长辈）的鞋子的记忆。

写作提示 292

幻想小说

　　你的人物拨动了一个电灯开关，但是电灯没有亮。这个人物认为是电灯坏了，但事实上宇宙中的某样东西已经发生了变化。脑暴出可能的解释，选择其中的一种。

故事继续

　　你的人物是如何意识到这个开关的功能的？

写作提示 293

人物

从历史、文学或荧幕上选择一个著名的人物。描述这个人物牙牙学语时的样子。加入这个人物的个性、外貌、行为及其与亲友的关系。

故事继续

加入能够提示这个人物未来性格或可能发生的生活事件的线索。

写作提示 294

开篇

以"每当我穿上这身衣服时，我都发誓这将是最后一次"开头写一个故事。

故事继续

写出这个人物第一次和最后一次穿这身衣服的场景。

写作提示 295

背景，冒险小说

把你的人物安放在一个温馨舒适的地方，比如一张床上、厨房里或者幼儿园的教室里。描述这幕场景。

故事继续

这个人物还不知道，自己是某个人或者某个东西正在追捕的猎物。给出你的人物正处于危险之中的第一份提示。

写作提示 296

场景，对话

你的人物假装理解了自己不理解的某些东西。这个人物有什么样的动机，处于何种处境？参加一场工作面试？想要打动初次见面的恋人的父母？试图维持卧底身份？写下一场对话。

故事继续

一个次要人物意识到你的人物只是在虚张声势。

写作提示 297

诗歌，场景

写一首以"……颂"为题的诗，赞美某种通常不会受到称赞的人或事物：肚脐、脏袜子、不听话的孩子等。

故事继续

在你的诗中加入一幕场景。

写作提示 298

背景，人物

描述你的人物日常居住的房间。加入物品和感官细节，比如气味、声音和光线质量。

故事继续

在为这个人物举行的追悼会结束后，有人进入了这个房间。这个人是谁？在这个空间中产生了什么样的感受？

写作提示 299

生活片段，情节

　　为了完成某件非常简单（比如取消手机卡套餐）或非常重要（比如保住工作签证）的事，一个人物必须忍受令人恼火的充满官僚气的繁文缛节。描述这个过程。

故事继续

　　你的人物对此展开报复。

写作提示 300

对话

　　一名高中三年级学生不敢告诉父母自己不想上大学的事。父母则不敢告诉孩子他们失去了教育基金的事。写下这段对话。

故事继续

　　加入愤怒和同情。

写作提示 301

情节

　　写一个人物竭力尽快赶往某地的场景：在某人生产前赶到医院，在心爱的人同别人结婚前对其说出"我爱你"，等等。

故事继续

　　想象出两种结局：一种喜剧结局，一种悲剧结局。

写作提示 302

幻想小说

　　想象一个人物的衣服每天早上都会自行整理成一个套装。描述这个过程。这个人物跟自己的衣服之间是一种什么样的关系？

故事继续

　　有一天，人物的两件最心爱的衣服拒绝搭配在一起。

写作提示 303

爱情小说，形式

初次约会时，你的人物通常会请自己的约会对象填写一张纸笔问卷。过去的约会对象一般会作何反应？写下这张问卷。

故事继续

这次的约会对象将成为这个人物的真爱，其对于这份问卷的反应令人意想不到。

写作提示 304

幽默文学，场景

描述真实鬼屋房主协会月度会议上的一幕场景。参加的人有哪些？他们提出了哪些投诉？哪些人之间发生了争论？

故事继续

写出一张协会委员会的名单。

写作提示 305

人物，视角

　　选择一个你已经创造过的人物。给出三个不同的人物（最好的朋友、家长、邮递员、竞争对手等）对这个人物的描述。

故事继续

　　你的人物对自己的认知准确度有多高？

写作提示 306

悬疑小说，冒险小说

　　你的人物怀疑身边亲近的某个人其实并不是表面看起来的样子。他有哪些线索？你的人物对此有何感受？人物采取了哪些步骤来展开进一步的调查？

故事继续

　　你的人物遇到了危险。

写作提示 307

冒险小说，形式

创造一个不同寻常的真人秀比赛（暗杀、通下水道等）。采用主持人的口吻描述比赛规则、奖励和第一批参赛者。

故事继续

写下这一季比赛中最激动人心的场景。

写作提示 308

独白

一只会说话的动物是一个老顽固，它给你上了一课，讲解了你需要进行自我提升的各个方面。这是一只什么动物？你们是在哪里遇见的？这堂课的内容是什么？

故事继续

你竭力为自己辩解，但是这只动物无动于衷。

写作提示 309

开篇

以"我们那时还不知道……"为开头写一个故事，用一场即将到来的困难的挑战补全这个句子。然后，写下这场挑战到来之前人物的生活。

故事继续

写出这场挑战为人物的观念带来了什么样的改变。

写作提示 310

场景，对话

你的人物有过一段改变了他的人生的经历，但是必须保密。描述你的人物努力表现自己没有发生任何变化的一幕场景，这次努力算是勉强取得了成功。

故事继续

另一个人物试图刺探消息。

写作提示 311

人物

一个人物对于某种理想（公平、秩序、自由等）的执念趋于盲目，给自己和其他人带来了很多困扰。讲一讲这个人物的故事。

故事继续

描述一个人物发生改变或拒绝改变的时刻。

写作提示 312

回忆录

描写一段关于迷路的记忆（童年时代在超市里迷路、在公路旅行中迷路、在一个陌生的国家迷路等）。

故事继续

写下一个你在隐喻的意义上感到迷失的时刻：你不确定你自己是谁或者你想要的是什么。

写作提示 313

幻想小说，幽默文学

　　你的人物要参加一项不想错过的重要活动，但是醒来时身上长出了一个狐狸的身体部位（一条蓬松的尾巴、一对毛茸茸的耳朵、狐狸爪子、胡须、一只湿鼻子等）。

故事继续

　　这个人物想出了什么办法来解决这个问题？

写作提示 314

修订

　　选择前面写过的一个故事。如果这个故事是用回忆的口吻讲述的，就用正在进行的口吻重新讲述一遍。如果它是在人物的讲述中徐徐展开的，就把它当作过去的事情重新讲出来。

故事继续

　　把故事当作一件过去的事情进行讲述，但是在最重要的时刻，将其改成正在进行的状态。

写作提示 315

场景

描写一个人物努力避免一场冲突。对这个人物发脾气的人是谁？为什么会动怒？这个人物为了避免冲突，采用了什么样的策略？写下这幕场景。

故事继续

描述你的人物如何通过肢体语言表达出真实的情绪。

写作提示 316

对话，口吻

写一个故事，叙述者是一个尖酸刻薄又争强好胜的人，这个人不相信任何人有纯良的动机。让这个人物讲述一个真诚而贴心的人做出的善举。

故事继续

让这个真诚而贴心的人描述这个尖酸的人。

写作提示 317

人物

　　创造一个讨人喜欢的人物，这个人物在面对一次为了实现梦想（读研究生，进入魔法学院，进入小丑学校，赢得一条空手道腰带，入选队伍，等等）而必须完成的考试时遇到了麻烦。

故事继续

　　这个人物如何应对这场挑战？

写作提示 318

爱情小说，对话

　　在一场约会中，约会双方为了给对方留下深刻印象，都掩盖了自己本来的样子。写下他们的对话。

故事继续

　　两个人物是怎样发现对方的真实情况的？他们的反应如何？

写作提示 319

幽默文学，幻想小说

创造一个超级英雄的互助小组，小组成员都是因为能力太不寻常而被公众和其他超级英雄排挤的超级英雄。小组里都有谁？他们都有哪些能力？

故事继续

描述一次活动。

写作提示 320

情节

你的人物痴迷于收集某些不同寻常的物什（旧钥匙、20 世纪 40 年代的童书、丑陋的动物画像等）。描述这份痴迷。

故事继续

写出围绕这份痴迷展开的一场恋爱或一次冒险的故事梗概。

写作提示 321

爱情小说

　　一个人物经过另一个人物身边，却不愿意跟对方相认。列出这个人物拒绝另一个人物的十种可能理由。选择其中一种理由，演绎一个背景故事。

故事继续

　　在这一时刻，这两个人物坠入了爱河。

写作提示 322

幻想小说

　　有一种乐器，每当它被演奏的时候，就会有一件不寻常或魔法般的事情发生。乐器的主人是谁？演奏乐器的人是谁？发生了什么魔法事件？都有谁了解这种乐器的力量？

故事继续

　　有人偷走了乐器。

写作提示 323

冒险小说，幽默文学

　　你的英雄意识到自己一直以来穷追不舍的恶人正在给自己剪头发。这名理发师认识坐在椅子上的英雄吗？写下这幕场景。

故事继续

　　英雄捉住了恶人——同时留下了一个不怎么好看的发型。

写作提示 324

修订

　　选择一篇你已经写好的习作，加入一段歌词、一种食物的气味和一场关于天气的描述。

故事继续

　　在这个故事里让一件物品、一幅图像或者一个关键词重复出现三次。

写作提示 325

独白，人物

　　一名优秀毕业生在毕业演讲中揭示了台下听众不想听到的真相，例如这届毕业班的失败或者他们未来黯淡的前景。

故事继续

　　只有一个人鼓起了掌。刻画出这个人的形象。

写作提示 326

幻想小说，幽默文学

　　二年级新来的学生是一只鬼、一名女巫或一只巨怪。描述他们在上学第一天为好好表现而做出的努力。

故事继续

　　人物遇到了麻烦，而老师就"课堂上的得体行为"展开了一番说教。

写作提示 327

幻想小说，情节

　　你的人物正坐在沙发上看电影，本想伸手握住身边爱人的手，却摸到了一个陌生人或者某种生物的手。描述这只手摸上去的感觉。

故事继续

　　接下来发生了什么。

写作提示 328

人物

　　用一个人注意力的集中所在和盲区定义一个人物。你可以考虑这个人物与自己的外貌、工作、健康、家庭、教育、娱乐或他人之间的关系。

故事继续

　　被你的人物忽视的某种事物引发了苦难。

写作提示 329

回忆录，诗歌

　　选择一种可以引发你某种强烈感觉的颜色。不用任何一个表达情绪的词，列出与这种颜色相关的图像和记忆。

故事继续

　　把列出的清单组织成诗行。加入一个情绪词，并提到另一种颜色。

写作提示 330

修订，场景

　　选择之前的一个篇目或者故事。重写一遍，让场景带给人一种缓慢和慵懒的感觉。再次修订，让场景有一种急速而紧迫的感觉。

故事继续

　　再次修订，让场景变得正式——或狂野。

写作提示 331

科幻小说

描述一台可以实现某种美妙（治愈疾病、清理污染）或恐怖（吸取灵魂）功能的未来机器。描述这台机器的功能、样式，以及它发出的声音和气味。

故事继续

有人想要破坏这台机器。

写作提示 332

幻想小说，对话

你的人物正在一个露天的集市里闲逛，随手捡起一件物品，便产生了某种幻象。描述这个集市、这件物品以及这种幻象。

故事继续

写出人物与商贩之间展开的一场古怪的对话。

写作提示 333

生活片段，人物

　　描述一个人物与食物之间的关系。这个人物更喜欢吃甜的还是咸的？更喜欢垃圾食品还是健康餐？更喜欢少食多餐还是少餐多食？人物吃饭的速度是快还是慢？

故事继续

　　一位家庭成员批评了这个人物的饮食习惯。

写作提示 334

幽默文学，幻想小说

　　一只吸血鬼是一场真人相亲节目的参赛选手。从一名竞争者的视角出发，叙述这个故事。把这个故事写成一部爱情喜剧。

故事继续

　　将其改写成恐怖版本。

写作提示 335

回忆录

选择童年早期的一种人际关系，可能是跟兄弟姐妹、祖父母、朋友或暗恋对象之间的关系。重新创造一个与他或她相关的特定回忆。

故事继续

这段回忆背后更大的语境是什么？在你的家庭、社区或当时的世界中有什么事情正在发生？

写作提示 336

独白

一名退休的产品设计师向上帝抱怨人类设计中的各种缺陷：脆弱的膝盖、奇形怪状的骨骼、衰老、有限的记忆容量、长在奇怪部位的毛发等。

故事继续

上帝表示了歉意，但是同时为自己的设计进行了辩护。

写作提示 337

幽默文学

　　一个由小学三年级学生组成的小委员会因为一个官僚结构设计上的漏洞而负担起重新设计新世界政府的任务。描述他们的最终方案。

故事继续

　　这个方案推行得顺利吗？引发了何种灾难？或者用对话的形式描述他们的方案进程。

写作提示 338

爱情小说

　　勾勒出一段爱情关系在 20 年间变化的脉络。这两个人是谁？他们如何遇见？他们现在还在一起吗？

故事继续

　　描述两人关系中最美好的时刻和最艰难的时刻。

写作提示 339

对话

两个人物必须携手完成一项重要的任务。其中一个热情而乐天，另一个则忧虑而腼腆。写一幕他们之间发生冲突的场景。

故事继续

他们最终是完成了任务，还是失败了？

写作提示 340

悬疑小说

你的人物在一节满载乘客的火车车厢中醒来，不记得自己是怎么来到这里的。接下来会发生什么？

故事继续

为这幕场景中的一个次要人物编写一段背景故事。

写作提示 341

人物，视角

你的人物看向一面镜子。采用第一人称，写下人物在镜中的所见。植入人物关于自己外貌的想法和评价。

故事继续

描述其他人眼中的他（孩子、爱人、兄弟姐妹、敌人等）。

写作提示 342

爱情小说，独白

一个人物在初次约会时很紧张，说的话太多，反复跑题，而且透露了一些自己本不想透露的信息。以第三人称视角写下这场交谈。

故事继续

这场约会是迷人的、无聊的，还是惊悚的？通过人物的肢体语言表现出来。

写作提示 343

对话

　　两个人物因为对相同事件持有不同的记忆而发生了争论。写下他们的对话。

故事继续

　　第三个人的记忆跟他们两个的又不一样。

_____

_____

_____

_____

写作提示 344

情节

　　与你的人物认识多年的某个人揭露了一个秘密。两个人之间有什么关系？这个秘密是什么？它是如何以及为什么被揭露出来的？

故事继续

　　秘密的公开给二人的关系带来了什么样的变化？

_____

_____

_____

_____

_____

写作提示 345

诗歌

列出自己最喜欢的十个词。写下你关心的一个问题。写出这个问题的一个答案，答案里要包含词汇清单中的第一个词。再写出一个答案，包含第二个词。如此继续，直到十个词都用完。

故事继续

再使用一次第一个词，但是换一种答案，作为最后一行的结尾。

写作提示 346

对话

在一场对话中，一个人物不断重复自己的信息，有时使用完全相同的话语，有时候会改变一下措辞。这个人物不断重复的内容是什么？为什么要重复？写下这场对话。

故事继续

其中一个人物改变了主意。

写作提示 347

回忆录

　　你最早的记忆是什么？用"我记得……"开头。

故事继续

　　用"我不记得……"开头，探寻你对于那一时刻或彼时的生活的不知道或不了解的方面。

写作提示 348

场景，视角

　　你的人物感官超载，正在惊恐发作的边缘。这个人物可能正在一个拥挤的游乐场里找路，或者在旅行途中迷路。采用第一人称，描写这个人物的感官体验细节。

故事继续

　　另一个人物安抚了这个人物。

写作提示 349

情节，对话

你的人物发现了一个家族秘密，并将其分享给了两个兄弟姐妹。其中一个认为他们需要保守秘密，另一个则认为应该揭露它。写下他们的对话。

故事继续

在讨论中，又有另一个秘密浮出水面。

写作提示 350

幻想小说

你的人物揭开了一块结痂，注意到底下有某种不同寻常的东西，比如美洲豹的毛或者小星星。人物会做出什么反应？背后的原因是什么？

故事继续

一年过去了。这个发现给人物的生活带来了哪些改变？

写作提示 351

情节，场景

　　你的人物踏上了一次本不愿意参与的旅途，却在旅途中改变了自己。这是一次什么样的旅行？人物为什么不想去？它给人物带来了哪些变化？

故事继续

　　把最重要的时刻作为一幕场景速写出来。

写作提示 352

生活片段

　　描述一个人物与餐具或银具的交互，比如品尝一只最心爱的马克杯中的饮料、打碎了一只价值不菲的盘子、举办一场茶话会、要求更换一只汤匙等。

故事继续

　　写出这件物品的历史。

写作提示 353

冒险小说，形式

　　在一个反乌托邦的未来，一家公司、监狱或寄宿学校的总管宣布了一套新的压迫性规则。这些规则都是什么？

故事继续

　　列出一个人物挑战这些规则、经历苦难并最终获胜的故事梗概。

写作提示 354

人物，形式

　　一个你已经创造过的人物发布了一份清单，以"十种……的方式"开头（拖延、让你的孩子丢脸、推翻一个政府等）。写下这份清单。

故事继续

　　有人读了这份清单，并对它做出了反应。

写作提示 355

回忆录，情节

记录你（最近或过去）的梦或梦魇中出现的图像、人物、事件和情绪。

故事继续

一个人物做了其中的一个梦，这个梦预示了未来，或者梦中包含了有助于解决一个谜团的线索。脑暴出一个情节。

写作提示 356

幻想小说

在一场暴风雪中，你的人物在台灯的光线下用舌头接住了一片雪花。这时，人物感受到一种陌生的刺痛感，并看到一道光一闪而过——某件事情由此发生了变化。

故事继续

下雨的时候，又发生了什么？

写作提示 357

情节，人物

　　在某首歌词的启发下，想象出一个故事。你的启发可以来自这首歌的意象、叙述者或者致敬的对象。

故事继续

　　创造一个总是哼着这首歌的人物。

写作提示 358

对话，口吻

　　一个人物是一个话匣子，几乎会把脑海中蹦出来的每一个想法都报告出来。另一个人物为了说出某件重要的事情，正在想方设法地打断前一个人物的自说自话。写下这段对话。

故事继续

　　加入一个沉默的瞬间。

写作提示 359

情节，人物

　　一个人物走入或走出一扇门，由此改变了一生。这个人物是在离家出走吗？还是离开一段婚姻？开始一份工作？还是答应了一次探险？

故事继续

　　写下这个人物穿过这扇门时的心理活动。

写作提示 360

场景

　　描写一幕包含一场暴风雨、一段音乐、一张一美元纸币和一个古怪邻居的场景。

故事继续

　　加入一样你眼前能见到的物品和你昨天吃过的东西。

写作提示 361

回忆录，口吻

　　选择你童年时代的一个成长性时刻。使用第一人称、过去时态，用一个孩子的口吻写作。

故事继续

　　用"我不理解……"开头，写三句话。

写作提示 362

幻想小说，幽默文学

　　写出一家百货商店里的人体模型在下班后的活动。它们有哪些娱乐项目？它们有哪些交往动态？

故事继续

　　一个遭到排挤的人体模型想要成为真人。

写作提示 363

口吻

一个极少被什么事情打动的人物用一种平淡、无聊的口吻讲述一幕非凡的场景或一个非凡的事件。

故事继续

这个人物被某种平凡的东西打动，以一种惊奇的口吻讲述这个东西。

写作提示 364

场景，对话

一名刚刚毕业的大学生有一个过度关注孩子的家长。在孩子参加第一场工作面试的时候，家长也跟着一起去了。写下发生在家长、孩子和面试官之间的对话。

故事继续

面试官想起了自己的家长和第一次面试。

写作提示 365

生活片段，人物

    描写一种联结了世代家族成员的遗传体征（大鼻子、浓密的头发、瘦长的手指等）。不同的家族成员关于这个特质有哪些不同的感受？

故事继续

    展开描写其中一名家庭成员。

写作提示 366

爱情小说，诗歌

    写一个爱情故事或者友情故事。每句话都要包含一个数字，比如心率、错过的消息数量、超速的每小时千米数等。

故事继续

    把你最喜欢的几句话排列成一首诗。

写作提示 367

科幻小说

你的人物有一副眼镜，戴上后可以看到某些令人惊奇的东西（紫外线、人的真实情绪或意图、藏起来的钱等）。描述你的人物戴上这副眼镜后的情景。

故事继续

你的人物使用这副眼镜所做的好事或坏事。

写作提示 368

生活片段

一个人物正在整理自己或心爱之人的家当，准备将其捐给二手商店。当人物摸到这些物品时，回忆涌上心头。记录下这些回忆。

故事继续

哪件物品代表了最艰难的决定？

写作提示 369

修订

选择你已经开始写的一则故事，挑选其中一个重要的时刻，用慢镜头的方式重写这个时刻。

故事继续

用简短、急促的句子重写这幕场景，制造一种紧张的氛围。

写作提示 370

人物，情节

描述一个饥饿的人物。这个人是谁？为什么会挨饿？如果换作你是他，你会有什么感觉？

故事继续

想象这个饥饿的人是一幕喜剧、一则爱情小说或者一部严肃戏剧中的人物。勾勒出情节梗概。

写作提示 371

独白，对话

　　一个天真而富有的人物抱怨自己糟糕的一天；一个拼命赚钱养活自己的人物抱怨自己糟糕的一天。为这两个人各写一份独白。

故事继续

　　创造一幕场景，让两个人物相遇并发生互动。

写作提示 372

开篇

　　用"在她 10 岁的时候，她想要……"作为一个故事的开头，接下来继续写"在她 20 岁的时候，她想要……"和"在她 30 岁的时候，她想要……"，贯穿三个时代。

故事继续

　　用"她从来都不知道……"结尾。

写作提示 373

生活片段，对话

两个人物（朋友、家人、生意伙伴、犯罪同伙等）在进行一场公路旅行。一个人没有方向感，另一个人没有时间意识。记下一次典型的争吵。

故事继续

发生了某件戏剧化的事情，打断了他们的旅程。

写作提示 374

幽默文学，口吻

想象一个平凡的任务（清理房间、打扫庭院、买菜、乘坐公共交通工具上下班、支付账单、在单位办公），以一名极限运动播报员的口吻陈述这件事。

故事继续

加入某种竞争或奖励。

写作提示 375

幻想小说

你的人物正在一场充满危险的飓风中挣扎求生，忽然看到风暴的中心浮现出一个人。这个人穿着精致考究的正装，身上一滴水都没有。描述这个时刻。

故事继续

这个神秘的人带来了一个口信。

写作提示 376

对话

一个人物想要卖出某样东西。另一个人物特别想要交一个新朋友。他们在何处遇见、如何遇见？第一个人物在卖什么东西？写下他们之间的对话。

故事继续

两个人物分别有何得失。

写作提示 377

独白

一个人物被迫做出了一次心不甘情不愿的道歉。这个人物做了什么？谁被影响到了？写下这段发言。

故事继续

写一幕后续的场景，表现出这个人物有所改变——或者没有改变。

写作提示 378

幽默文学，冒险小说

一名劫匪要求的赎金是 1 600 个新鲜的番茄和两罐吞拿鱼。受到威胁的人联系警方，并解释了这个情况。写出这幕场景。

故事继续

写出背景故事或一幕未来的场景。

写作提示 379

背景，冒险小说

　　选择一个包含危险元素的背景。加入特定的感官细节，让你的读者感受到紧张的氛围。

故事继续

　　创造一个天真、乐观和盲目的人物，让这个人物进入你设定的背景。

写作提示 380

回忆录，视角

　　回想一次你初次接触某样事物的经历。以"……初学者指南"作为写作的题目，采用第二人称"你"写下你的经验。

故事继续

　　用"过一阵子，你将……"来结束这段写作。

写作提示 381

人物

　　描述一个觉得自己的大小不合适的人物，可以是字面意义上的体型大小，也可以是比喻意义上的大小（人物缩小成蚂蚁的大小，人物在一场茶话会上显得体型庞大、笨重，人物的个性看起来过于膨胀或低调，等等）。

故事继续

　　人物的大小是一笔财富。

写作提示 382

幻想小说，背景

　　描述骑在一只魔法生物背上的感受。这是一只什么生物？你的人物要去哪儿，为什么要去？描述震撼感。

故事继续

　　描述生物掠过的背景场地。

写作提示 383

修订

选择你已经开始写的一个故事。在整个写作中反复重复一种特定的背景声音，让它产生一种象征性。

故事继续

在结尾处，关于整个声音的某种东西变得不同了——或者主要人物对声音产生了一种新的感受。

写作提示 384

场景

一个人物拥有比另一个人物想象中更加强大的力量。（他可能是有影响力的秘书、便衣警察等。）写一幕第二个人物蔑视第一个人物的场景。

故事继续

第一个人物显露了自己的力量。

写作提示 385

爱情小说

一个人认为自己已经错过了谈恋爱的时机，但是又获得了一次恋爱的机会。为什么这个人物会认为自己现在恋爱太晚了？这个人是如何遇见这次可能的恋爱对象的？

故事继续

脑暴出分属这段新关系中三个不同阶段的三种场景。

写作提示 386

开篇

一个人物想到了自己不感到遗憾的所有事情——尽管其他人总是持有不同的意见。这个人物把这些事写进了一篇日记里，开头是"我不觉得……是遗憾的事"。

故事继续

写下这个人物的一件遗憾的事。

写作提示 387

科幻小说，幽默文学

　　一名一年级小学生是最先与一族外星人接触的人。外星人默认自己对话的对象是这个世界的领袖。写下他们的开场对话。

故事继续

　　他们讨论了这个世界的秩序、权力、领导结构、金钱、家庭等话题。

写作提示 388

悬疑小说，冒险小说

　　你正在一家邮局里，看到自己的脸出现在一张通缉令海报上。就你所知，你并没有犯任何罪。于是，你乔装打扮，隐藏自己的行迹，试图揭开谜团。

故事继续

　　加入一段激烈的追逐戏。

写作提示 389

幽默文学，独白

　　一只母鸡厌烦了人类使用"鸡崽"这个词来形容人胆小怕事，试图组织农场动物们站出来反对所有不尊重动物的隐喻，比如"猪"和"母牛"。写下她煽动人心的演讲。

故事继续

　　其他动物对此做出了什么反应？

写作提示 390

幻想小说

　　一个人物是由玻璃做成的。写一幕童年场景，可以是这个人物典型的日常一天。也可以写人物的人际关系。描述让你的人物感到愤怒、悲伤或充满希望的事物。

故事继续

　　你的人物进行了一次冒险。

写作提示 391

回忆录

描述你童年时代的一辆车（家庭用车、一个亲戚或邻居家的车、一辆玩具车、你的梦中情车、你用来学驾驶的车等）。

故事继续

织入情绪，比如羞愧、骄傲或渴望。

写作提示 392

悬疑小说

你的人物正在观赏一出戏剧，忽然意识到台上的故事底本是自己的生活。一个可能带来严重后果的秘密即将在台上被揭晓。这个秘密是什么？

故事继续

这个人物做了什么？

写作提示 393

背景，冒险小说

　　一个超级恶棍在市中心的写字楼里有一间办公室。这栋写字楼表面上看起来普通平凡，内部却藏有各种秘密和邪恶的科技。描述这个空间。

故事继续

　　一名职位低微的办公室职员开始对某件事产生怀疑。写下这幕场景。

写作提示 394

人物，生活片段

　　描述一个重新开始的人物（65 岁重返大学校园，搬离城市，离婚，等等）。这个人物为什么要在这个时刻做出这种改变？让人物感到兴奋或恐惧的东西有哪些？

故事继续

　　有谁反对这个人物的决策？为什么反对？

写作提示 395

形式，人物

你的人物管理着一个高需求的人，可能是一个老板，也可能是一个亲戚。写下这个人物从一本名为"（这位高需求人士的名字）的照顾指南"的指导手册中学到的一切。

故事继续

加入关于说话语气、食物和钱的小提示。

写作提示 396

场景

写一幕场景，让一个人物因为安静而紧张（一位母亲怀疑自己过于安静的孩子在盘算不好的事情，一名侦探在一间仓库里搜查一名罪犯，等等）。

故事继续

一声巨大的噪声惊吓到了这个人物。

写作提示 397

对话，视角

    两个人物关于第三个人物的看法有很大的分歧。让他们展开辩论，维护各自的观点。

故事继续

    这两个人物是如何结识的？第三个人物对于这两个辩论者的看法如何？

写作提示 398

爱情小说，形式

    一对情侣即将结婚。两个人都害怕让对方知道他们有多么爱对方。写下他们随意或滑稽的结婚誓词。

故事继续

    一年后，他们坦白了自己真挚的爱情。

写作提示 399

对话，幽默文学

　　一名新警察扮演成一名高中生去学校卧底，被安排做一场题为"我今年暑假做了什么"的演讲，在演讲的过程中多次险些暴露自己的身份。

故事继续

　　描述一名高中生如何发现了警察的真实身份。

_____

_____

_____

_____

_____

写作提示 400

诗歌

　　列出你梦中所见的画面。你可以加入关于飞翔、坠落、迟到或迷路、遇见已经死去的人等画面。

故事继续

　　把这些画面排列成一首超现实主义诗歌。用其中一行诗作为整首诗的题目。

_____

_____

_____

_____

_____

写作提示 401

人物，情节

　　一个人物不得不放弃一个梦想，而在沉重的失望过后，最终寻得了幸福。这个人物想要的东西是什么？放弃之后，反而获得了什么？这个人物是如何被改变的？

故事继续

　　这个人物给一名年轻人提供了一些建议。

写作提示 402

情节，幽默文学

　　一个人物被错置在一个地点、时间或者文类当中（一名说唱歌手穿越到爵士时代，一个仙子努力扮演成人类，某个人在公元前或公元 3000 年苏醒，等等）。

故事继续

　　描述一个尴尬的时刻。

写作提示 403

幻想小说，背景

　　一个人物正在徒步远行，在一片林地上的叶子下面发现了一个微型世界。描述这个人物看到的种种细节。

故事继续

　　微型世界里的一个人物发出求助。这个人物面临着什么样的威胁？

写作提示 404

回忆录，形式

　　为你生命中的一个非实物对象写一份产品评价（你的第一份工作、你的爱情生活、星期日下午的感觉等）。你愿意给它打几颗星？为什么？

故事继续

　　通过加入自相矛盾，让你的评价表现出复杂性。

写作提示 405

科幻小说，情节

一个正在执行长达多年的太空飞行任务的人物退出了。是什么因素导致了这一时刻的到来？

故事继续

如今，这个人物没有收入来源，并且跟自己的前同事们困在了一起。接下来会发生什么？

写作提示 406

人物

一个处于危机中的人物发现了某些隐藏的天赋、力量或弱点。这是什么危机？这个危机给你的人物带来了哪些挑战？这个人物关于自己的发现是什么？

故事继续

描述一个恍然大悟的时刻。

写作提示 407

形式，情节

你的人物曾以为某份文件只是一张普通的合约，现在决定阅读它上面难懂的文字。这里面包含了某些不同寻常的条款。写下这份合约。

故事继续

你的人物签订这份合约了吗？为什么签了？又为什么没签？

写作提示 408

开篇

写一个包含一句咒语、一只猫和一张明信片的开篇。故事发生的背景是什么？这个世界里居住着哪些人物？

故事继续

明信片上有哪些文字或图片？这张明信片的重要性体现在哪里？

写作提示 409

背景

描述一个让读者感到放松的故事背景。加入感官细节。引入一段交谈或者某些设定上的细节，让读者感受到坐立不安或者紧绷的情绪。

故事继续

描述经过一场戏剧化的冲突之后背景的变化。

写作提示 410

生活片段，对话

一个思乡情切的人物把过往理想化了。描述这个人物如何回忆自己的童年和青春。

故事继续

这个人物参加了一次重逢会，与某个拥有关于那个时代的更现实的记忆的人展开了一场交谈。写下这段对话。

写作提示 411

情节

一个奇怪的人物说服某个人物卖掉一件小首饰。这个奇怪的人物不断地返回，说服另一个人物卖掉更多珍贵的物件——直到后者卖出了某种令人震惊的东西。

故事继续

这两个人物都有怎样的结局？

写作提示 412

视角，口吻

你的人物参加了一场派对或者一次家庭聚会。在这个人物的想象中，自己在其他客人眼中的形象是什么样的？

故事继续

写下其他人物对第一个人物的评价，采用评价者各自的口吻。

写作提示 413

修订

通读一则你已经写完的片段，把其中每个名词都替换成一个完全不同的名词。例如，一块石头变成了一只气球。

故事继续

打磨这个故事，让它自洽合理，然后继续展开。

写作提示 414

场景，情节

一个人物通过同一只野生动物交朋友而（在生理或心理的意义上）幸存了下来。这个人物遇到了什么困难？描述人物与动物之间的第一次相遇。

故事继续

人物与动物是如何在时间的推移中建立起信任并彼此帮助的？

写作提示 415

修订，口吻

选择一个你已经写过的篇目，把它改写一遍，让语气变得正式、客观、官腔十足。

故事继续

重写同一篇目，让它听上去很随意，有闲聊和八卦的气息。加入一些俚语。

写作提示 416

幻想小说，情节

你的人物偷了一袋金币和现金。每次花这些赃款时，都会有一些坏事发生（比如，把硬币投入自动洗衣机里就会引发火灾）。还发生了哪些事？

故事继续

这个人物该如何修复这个问题？

写作提示 417

情节

一个来家中做客的远房亲戚过分热情，喜欢拥抱。自从这个人到来以后，你注意到家里发生了一些可疑的事情。解释这些事。

故事继续

当你与这个亲戚对质时，发生了什么？

写作提示 418

科幻小说，视角

你的人物正坐在沙发椅上与约会对象接吻，在原本应该是脊柱的地方摸到了一条拉链。这个人物还收集到了哪些证据，证明这个约会对象不是人类？

故事继续

从约会对象的视角出发写下同样的内容。

写作提示 419

回忆录，情节

  想一些在你的生命中十分重要的抉择。选择其中一个进行挖掘。你为什么会做出那样的抉择？结果如何？

故事继续

  想象你做出了一个不一样的抉择。写下你人生的另一个版本。

写作提示 420

情节，场景

  脑暴出一些吓人的故事，里面要涉及一个有着爪形支座的浴缸、一本童书和一件蕾丝衣物。这个故事的背景是什么？有什么危险？

故事继续

  写一幕故事中充满悬念的场景。

写作提示 421

背景，悬疑小说

  一个人物在一支筑路小组、一座工厂或者一家 24 小时餐厅里独自一人值夜班。描述这个背景。

故事继续

  某件神秘的事情发生了。你的人物对此做出了什么反应？

写作提示 422

对话

  在一场私人二手货售卖会上，主持人竭尽自己所能劝说一个人不要买一件物品。为什么？这是一件什么物品？

故事继续

  写下对话，包括正在旁观这场交谈的一个人物的内心活动。

写作提示 423

独白，口吻

　　在一场派对上，一名退役的保镖讲述了自己职业生涯中精彩而有趣的故事。这名保镖保护的对象是什么人？以保镖的口吻讲述这些故事。

故事继续

　　写出这名保镖永远也不会提及的一个故事。

写作提示 424

开篇，爱情小说

　　以"我失去尊严这件事并没有那么重要，但是……"开头写一则故事。说话的人是谁？这个人是如何失去尊严的？

故事继续

　　那个窘迫的时刻引出了一场爱情故事。

写作提示 425

悬疑小说

　　创造一名平日里有一份令人意想不到的职业（清洁工、木匠、电影明星）的侦探。这名侦探开启侦探生涯的第一个案件是什么？

故事继续

　　列出一些可以写入这个侦探系列的点子。

写作提示 426

背景，形式

　　想出一种你产生过但叫不出名字的情绪。创造一个背景，激发你的读者产生同样的感觉。

故事继续

　　为这种情绪创造一个名字。写下它的字典词条释义。

写作提示 427

冒险小说

写一场三个人物互相打斗的动作戏。一个人拿剑，一个人持鞭，第三个人则握有一剂爱情魔药。谁获胜了？

故事继续

为什么这三个人物彼此为敌？

写作提示 428

生活片段，场景

你的人物有联觉症：当看到一个形状时，会听见一种声音；当听见一个数字时，会看到一种颜色。描述这个人一天中的某个时刻。

故事继续

写出这个人物在童年时初次意识到自己的感官运作方式与众不同的场景。

写作提示 429

情节，人物

　　一个人物改变了主意，让其他人很不满（没有跟家人一起坐宇宙飞船逃生，撕毁了婚约，等等）。脑暴出五种可能性。

故事继续

　　选择其中的一种。写下人物做出决策的时刻。

写作提示 430

独白

　　一个人物试图通过违心奉承的方式从另一个人物那里获得自己想要的东西。他们之间有什么关系？第一个人物想要的东西是什么？为什么想要？写下这个人物的自述。

故事继续

　　描述另一个人物的回应。

写作提示 431

开篇，情节

用开篇的第一句话描写一个处于某个戏剧化情境中的人物。第二句话以"一分钟前……"开头。第三句话以"一小时前……"开头。

故事继续

继续这种模式，拉长到一天、一年甚至十年。

写作提示 432

形式

祖父给自己的孙辈讲了一则动物寓言。这则寓言蕴含了一种可怕的道德法则，但没有任何孩子愿意听从。写出这则寓言和这种道德。

故事继续

听故事的孩子有什么反应？这个孩子的父母作何反应？

写作提示 433

生活片段，人物

    描述一段不太可能发生的友谊。这两个人物是有物种差异还是年龄差异？他们是有不同的身世背景吗？他们有什么共同点？

故事继续

    他们是如何相识的？这段友谊是如何随着时间而变化的？

写作提示 434

幽默文学，对话

    两个人物正在谈论做饭的事。另一个人物没有听到这段对话的开头，以为前两个人是在谈论关于性的话题。写下这段对话。

故事继续

    加入发生误会的尴尬时刻。

写作提示 435

幻想小说，冒险小说

你的人物看到天空被一团巨大的黑暗天使形状的阴影所笼罩，然后在脑海中听到了一个深沉的声音说话。这个声音说了什么？写下这幕场景。

故事继续

你的人物接受了一项使命。

写作提示 436

修订，形式

选择一则你已经开始写的故事，把它改写成一则儿童故事。简化故事的过程有没有给你提供任何关于修改原作的点子？

故事继续

描述出你想要给你的故事搭配的插图。

写作提示 437

回忆录，诗歌

列举你的朋友和家庭成员，以及你想到他们时联想到的食物。

故事继续

把你的清单排列成诗。或者聚焦于其中一个人与事物的关系，写一首诗。

写作提示 438

冒险小说，情节

为一部动作类冒险小说脑暴情节，这部小说里要包含一座冰屋、一艘潜水艇和一面旗子。主人公是谁？反派是谁？他们的动机是什么？

故事继续

加入一条鱼和一幕在雪地摩托车上发生的场景。

写作提示 439

悬疑小说

　　一名侦探乘坐一架小型飞机飞过一座庄园的上空，从庄园中大花园的园艺图案里看出了一条线索。这里的谜团是什么？线索是什么？

故事继续

　　侦探诱使罪犯坦白了罪行。

写作提示 440

形式，幽默文学

　　一名表现糟糕的员工请老板给自己写一封推荐信。老板不想说谎，但是又想让这名员工去别的地方工作。写下这封信。

故事继续

　　描述这名员工工作中最糟糕的一天。

写作提示 441

科幻小说

一种可以极速治愈病痛的昂贵药丸问世。结果很多有钱人开始了肆无忌惮的生活。描述这样一种社会。

故事继续

描述一名人权斗士为还世界一个公正而做出的努力。

写作提示 442

生活片段，形式

一位天空作家在空中写下了几个字。一个在地面上的人看到了这些字，产生了一种顿悟。会是哪些字和什么样的顿悟？

故事继续

这个人在日记中记录了自己的洞见。

写作提示 443

背景，对话

创造一个在光鲜亮丽的环境里的外表体面的人物。这个人物在同另一个人物交谈的过程中一直在粉饰某件重要的事。故事的背景和讨论的话题分别是什么？

故事继续

第二个人物建议第一个人物去看看自己光鲜外表之下的东西。

写作提示 444

开篇

写一则故事，开头是："有时候，我宁愿自己从未救过他。"这里的"他"是谁？两个人物之间有什么关系？他是如何被救的，代价是什么？

故事继续

他关于自己被救这件事有什么感受？

写作提示 445

形式，对话

　　一位人类学家奉命去调查一种独特的文化环境：中学的咖啡馆。写下人类学家的田野调查笔记。加入对于饮食习惯、等级、仪式、言语和规则的观察。

故事继续

　　一位学生用一句"Hey bro！"跟人类学家打招呼。写下他们之间的互动。

写作提示 446

修订

　　选择之前的一个篇目，修订它，让长短句交替出现在文中。

故事继续

　　再修订一次，让每一个长句子接三个短句子。大声朗读两个版本。哪个版本更有力度？

写作提示 447

回忆录，诗歌

　　想象一种可以激起你鲜明记忆的气味。描述这种气味。它唤起了你的什么记忆？

故事继续

　　选择五个最有强度的句子，排列成一首诗。

写作提示 448

开篇，场景

　　用"也许那只是灯光的小把戏……"开始你的故事。描述人物看到的东西，解释人物为什么对自己的所见产生了怀疑。写下这幕场景。

故事继续

　　人物最终相信了某种新东西。

写作提示 449

生活片段

　　一个人物通过不断地转移注意力，极力避免去想或者做某些艰难的事情。这件艰难的事情是什么？叙述人物的动作和内心想法。

故事继续

　　某件事物引导人物直面自己的恐惧。

写作提示 450

幻想小说

　　你的人物发现一只动物是一位超级英雄。这只动物是在哪里被发现的？它有什么超能力？它有没有穿着一件超级英雄的制服？

故事继续

　　你的人物和这只动物组成了一支小队，去行侠仗义。

写作提示 451

爱情小说，形式

　　一个新婚的人向其配偶展示了一份自己创作的文件，标题是"成功婚姻操作指导"。写下这些指导意见，加入某些反常的条目。

故事继续

　　配偶作何反应？配偶愿意遵守这些指导意见吗？

写作提示 452

冒险小说

　　两名接待员意识到，他们的公司正在售卖的一款最新的冥想 App 正在暗中催眠使用者。这款 App 是如何引导使用者的思想、信念和行为的？

故事继续

　　两名接待员设计出一项巧妙的计划来曝光公司的真相。

写作提示 453

视角，爱情小说

　　一个人物带自己的未婚夫回家拜访家人。分别以一位挑剔的家长、一个被迷倒的兄弟姐妹和紧张的家养犬的视角，描述这位未婚夫。

故事继续

　　其中一个人物改变了自己的看法。

写作提示 454

修订

　　选择之前的一个篇目。把第一句话的长度改成 20 个词，第二句话改成 10 个词，第三句话 5 个词，第四句话 3 个词，最后一句话只保留 1 个词。

故事继续

　　颠倒这种模式，让第一句话只保留 1 个词，第二句话 3 个词，以此类推。

写作提示 455

背景，冒险小说

　　你的人物发现了一个树栖部落，他们住在美丽而精致的树冠之中。描述你的人物初次抵达时所见到的景象。

故事继续

　　描述你的人物在树上留宿时的房间。

写作提示 456

爱情小说，口吻

　　三个人向一名记者分享各自关于爱情的信念：一个 8 岁，一个 28 岁，一个 88 岁。使用有区别度的口吻。

故事继续

　　记者的生活被其中某个人物所说的某件事情改变了。

写作提示 457

悬疑小说

　　一个 20 岁出头的人物发现了某些线索，证明自己的父亲或母亲可能有过（或者至今仍有）一段秘密的生活。这个人物发现了什么线索？通过线索发现了什么？

故事继续

　　这个人物与父母进行了对质。会有什么事情发生？

写作提示 458

人物

　　一个人物选择放弃某件事物：一个家庭、一段关系、一株植物、一个信仰。这个人物放弃的是什么？为什么要放弃？

故事继续

　　这个人物通过这次选择得到了什么？失去了什么？会后悔自己的选择吗？

写作提示 459

科幻小说

一个利用穿梭门旅行的人物穿越时空，抵达了一个新的地址，并在那里获得了一个孪生兄弟或姐妹。最初，这个孪生子看起来是跟这个人物一模一样的复制品，但是……

故事继续

这个孪生子引发了一些问题。该怎么解决这些问题？

写作提示 460

爱情小说，对话

一名受欢迎的公众人物的所有重大决策都是通过粉丝投票完成的。他的粉丝不想让他娶自己的未婚妻。写下他与未婚妻之间的对话。

故事继续

当他在一个没有手机也没有网络信号的自然环境中行走时，他产生了一种顿悟。

写作提示 461

情节

　　一个人物因为多年以前发生在自己生命中的一场不公而始终心怀怨怼、愤愤不平。这个人物身上发生了什么？是什么事件让这个人物意识到自己必须做出改变？

故事继续

　　这个人物采取了哪些步骤？结果如何？

写作提示 462

生活片段

　　哥哥或姐姐教给自己的弟弟或妹妹五种不同的哭泣方式以及每一种方式对成年人的影响。

故事继续

　　作为一名成年人，人物用一种自己在孩提时代从未试过的方式哭泣。

写作提示 463

幻想小说，口吻

　　月亮、太阳和晚星互相抱怨。给每个角色安排一种不同的口吻。

故事继续

　　地球以另外一种口吻谴责它们的小气，并分享了自己的智慧。

写作提示 464

修订，场景

　　选择一个之前写过的故事的开头。脑暴出十种可能的结尾。其中一种要回应开篇中的一个图像、一个词或一个短语。还有一种要包含一个人物的死亡或一份希望的破灭。

故事继续

　　写一幕收尾的场景。

写作提示 465

冒险小说

　　一个小镇在一场飓风中陷入了混乱。两名仅仅展现出组织能力的青少年出人意料地成为领导者。写下他们首次以小镇英雄的身份登场的场景。

故事继续

　　描述一个扣人心弦的时刻。

写作提示 466

生活片段

　　一个人物正在等待（一杯拿铁、心爱之人的回归等）。描述这个人物的情绪状态。描述这种情绪使人物内心产生的感受。

故事继续

　　等待结束了。描述这种情绪使人物内心产生的感受。

写作提示 467

修订

选择之前的一个篇目。如果它是用第三人称（他／她／他们）写的，就把它改成第一人称（我）。如果它是用第一人称写的，就改成第三人称。

故事继续

用第二人称（你）改写这个故事。

写作提示 468

形式

有个人在一篇包含了回忆、悲哀和希望的冗长而絮叨的文章中插入了一则（房屋、车辆、传家宝等的）待售广告。

故事继续

这则广告中包含了关于另一个人的故事。

写作提示 469

幽默文学，对话

一名高中英语教师必须能执教高尔夫球队，才可以获得教职。虽然这位老师从来没有打过高尔夫球，但他还是在面试中竭力说服校长相信自己是个合格的教练。

故事继续

描述球队的第一次训练。

写作提示 470

情节，形式

一封信在寄出很多年以后被辗转送到了一个人物手中，改变了这个人物对于过去发生的某件事的看法。写下这封信的内容。

故事继续

这个人物的生活或情感因为这份消息而发生了什么样的变化？

写作提示 471

生活片段，独白

　　一个人物向一名陌生人问路。陌生人的回答是一段上气不接下气的独白，其中涉及了很多故事和离题的话。

故事继续

　　这个人物意识到自己以某种方式与陌生人产生了联系。

写作提示 472

回忆录

　　写下你头发的历史。描述不同的发型、发色，以及你和其他人关于你的头发的感受是如何随着时间变化的。

故事继续

　　描述一个对于你或某个虚构人物十分重要的或者具有创伤性的与头发相关的时刻。

写作提示 473

冒险小说，形式

　　描述一所坐落在大都会核心区域里的秘密忍者小学。加入一段关于课间休息时间的描述。

故事继续

　　写出忍者课堂的一份课表。

写作提示 474

爱情小说

　　在一部爱情小说中，一个人物必须飞跃一大步（信仰、成熟、跨越两栋楼等）。你的人物做出了哪种飞跃？

故事继续

　　这次飞跃如何成就了这段爱情故事？

写作提示 475

背景，科幻小说

　　描述一个其他星球上的跳蚤市场。这里播放什么样的音乐？出售的物品、食物和饮料是什么样的？顾客们如何购买？

故事继续

　　一位小摊主没有意识到自己正在卖一件价值连城的物品。

写作提示 476

悬疑小说，爱情小说

　　你正沿着街道向前走，在一张寻人启事上看到了你初恋情人的面孔。你决定展开调查。你会从何处入手？

故事继续

　　三个人和一段记忆给你提供了重要的线索。

写作提示 **477**

诗歌

为一首挽歌或悼亡诗脑暴一些点子。列出关于所失之物的点子（人、想法、时间段、物品等）。

故事继续

选择其中一种。写一首诗，加入关于哀悼、感激和决心的描述。

写作提示 **478**

开篇

用"我从来没有理解过我的父亲"开篇，写一则故事。加入这个人物关于自己父亲的最早的记忆。加入关于这位父亲的一段描述。

故事继续

某件事的发生给这个人物提供了深入了解自己父亲人格或行为的启示。

写作提示 479

幽默文学，对话

　　你的人物正与死神进行一场相亲。他们讨论了他们正在使用的约会软件上的个人档案和照片，说了一些闲话，然后谈到了各自关于未来的梦想。

故事继续

　　这场约会将如何收尾？

写作提示 480

修订，开篇

　　选择一则之前写过的故事，用三种不同的开头做实验：一行对话、一段关于背景的描述、一场行动的中间片段。

故事继续

　　把你最喜欢的一个开头发展成故事，或者勾勒出故事其余部分的梗概。

写作提示 481

科幻小说

　　一家企业决定向月球表面发射一则广告。这是一家什么企业？是一则什么广告？描述不同的公民群体为此做出了什么样的不同反应。

故事继续

　　为了全人类，行动派组织并采取行动拯救月球。

写作提示 482

开篇，幻想小说

　　用"我第14个女儿的第14个女儿，本应没有任何魔法的那个女儿"开始你的故事。

故事继续

　　写下你的人物发现自己拥有魔法时的场景。

写作提示 483

口吻

　　用一条河的口吻写作，让语言的节奏应和河水的蜿蜒流淌。河说起了季节、天空、动物和时光的流逝。

故事继续

　　河说起了污染和关于未来的梦。

写作提示 484

幽默文学，形式

　　为通宵达旦地痴迷于通过基因改组创造完美人类的狂人科学家们设计一本自助手册。这本手册的章节题目或者提出最佳建议是什么？

故事继续

　　动笔写出指导人们寻找真爱的一章。

写作提示 485

冒险小说

　　一座游乐园里发生了危险。一个惹人厌的孩子、一名温顺的礼品店店员或者某个打扮成童话人物的员工是意想不到的英雄。脑暴出这个故事。

故事继续

　　写一幕英雄既害怕又勇敢的场景。

写作提示 486

诗歌

　　写一首清单诗，标题可以是"我本应做到的所有事""我听过的谎言"或者"我说过的谎话"。

故事继续

　　诗中要提及一个吻、一堂课、一份礼物、一次假期和一纸合约。

写作提示 **487**

独白，对话

　　一个人物（为了得到一份工作、一次退款、一个朋友、某些重要的信息等）试图通过软磨硬泡的方式战胜某人。写一段独白或对话。

故事继续

　　谁赢了？写下最终的交锋。

写作提示 **488**

开篇

　　用"那天，我穿着饰有大圆点的睡衣，把身子斜探出窗外，呼吸着夜晚的空气，下定决心要改变自己的人生"开篇。

故事继续

　　写一幕一年前或一年后的场景。

写作提示 489

悬疑小说

一位刚刚去世的亿万富翁在遗嘱里把你的人物列为第一顺序继承人。他们两人并不认识，富翁在遗嘱里也没有给出任何解释。这让这个人物十分惊讶，想要了解背后的原因。

故事继续

这个人物接受了这份馈赠吗？

写作提示 490

科幻小说

一名在美国国家航天局工作的科学家不断地接到陌生的电话，终于意识到这些电话来自另外一个维度。打电话过来的是谁？打电话的人想要什么？

故事继续

这名科学家做出了怎样的回应？

写作提示 491

幽默文学，形式

你的人生是一场电影。写一部影评。节奏、设定、妆造、卡司，诸如此类，表现如何？这里面有足够多的公路追逐和爆炸戏吗？你会给你的电影打几颗星？

故事继续

这部电影里的最佳场面是哪一幕？

写作提示 492

视角，口吻

用一场风暴的口吻写作。它想要什么？它存在于自己的体内，有什么感觉？

故事继续

这场风暴在生命的初始、中段和结局时分别有什么样的感觉？

写作提示 493

人物，情节

多年以来，一个人物总是扮演"给予者"的角色，另外一个人物则一直是"索取者"。某件事情发生后，这两个人的动态关系发生了变化（给予者生病了，索取者皈依了宗教，等等）。一开始，他们有什么反应？

故事继续

两个人物被这场经历改变了。

写作提示 494

回忆录

写下你的人生中有关交通工具的经历（你的自行车、滑雪板、旱冰鞋、家庭用车、第一辆车、公交搭乘、飞机旅行等）。

故事继续

写一段包含了与这些交通方式有关的另一个人的记忆的故事。

写作提示 495

开篇

用"这个故事塑造了我的家庭，是我们本以为永远也不可能摆脱的遗产"开篇。这个家族世代沿袭的麻烦是什么？

故事继续

一个人物如何改变了整个家族的既定轨道？

写作提示 496

修订

选择之前的一个篇目，用"我真正想说的是……"引出下文。重复这个短语，直到你有特别的发现。

故事继续

用你最有力的句子开篇，然后重新安排其他句子的顺序。

写作提示 497

回忆录

列出在你的人生中拥有过多或不足的某样东西的几次记忆（金钱、水、食物、爱、孤独等）。

故事继续

选择清单上的一个条目，写出细节。那次经历对你产生了什么影响？

写作提示 498

幻想小说

在一个平行宇宙里，你的人物为一个冷门的政府部门工作，工作内容十分枯燥。为这个部门脑暴出一些名字（本土花园办公室等）。

故事继续

你的人物发现了一些证据，表明这个部门其实是在为政府的秘密行动做掩护。

写作提示 499

生活片段，幽默文学

为一次不同寻常的夏令营脑暴出一些点子（针对疲惫的家长、退休的无聊特工、梦想拥有一座有机农场而现实中压力满满的执行官，等等）。

故事继续

制作一项分天日程和／或一份活动清单。

写作提示 500

幻想小说

创造一个人鱼侦探的形象。列出以这个人物为主角的故事标题，都采用"……案"的形式，比如"遗失的珍珠案"。

故事继续

讲述一个人鱼成功破案的故事。

写作提示 501

生活片段

　　想象一种你想要让你心爱的某个人度过的人生。运用鲜活生动的细节描写这个人的幸福结局。

故事继续

　　想象你心目中十年后的生活。运用鲜活生动的细节，描写你自己的幸福结局。

写作提示索引

按文类或故事要素分类

文类：

冒险小说

7，17，22，25，32，36，40，42，
43，58，65，73，87，96，104，110，
122，135，142，150，155，156，
164，179，191，192，196，199，
216，220，221，228，230，235，
239，245

幻想小说

3，9，22，23，25，27，28，30，
33，37，40，55，59，67，70，71，
74，78，87，88，98，99，102，110，
121，122，125，130，131，133，138，
140，142，144，148，153，159，162，
163，165，166，168，169，177，180，
183，190，193，197，204，210，220，
227，234，243，251，252

幽默文学

8，36，54，63，72，77，82，90，
92，102，106，109，113，134，140，
144，147，154，159，162，164，
165，169，171，183，189，191，
196，197，202，203，219，222，
237，242，244，248，252

回忆录

4，9，14，16，18，27，29，38，47，
52，57，60，64，68，71，75，81，
88，93，99，105，111，112，118，
123，129，136，145，148，158，167，
170，176，180，183，192，198，204，
212，221，226，238，249，251

悬疑小说

5，8，20，39，41，46，52，53，56，
59，67，77，81，89，95，100，111，
118，126，129，143，155，172，196，
198，213，215，222，231，240，247

诗歌

5，11，21，34，38，45，50，58，
62，65，73，78，79，88，94，96，
101，107，118，120，151，167，175，
185，202，221，226，241，245

爱情小说

11，17，26，34，44，45，49，55，
63，76，82，108，115，132，136，
142，147，154，161，163，171，
173，185，195，201，214，228，
229，230，232，239，240

科幻小说

6、8、12、15、18、21、31、33、45、54、72、76、90、98、112、125、139、147、168、186、196、205、211、223、232、240、243、247

生活片段

4、35、58、77、84、88、94、101、103、104、127、130、131、137、152、169、178、185、186、189、199、207、216、219、223、227、233、235、238、252、253

故事要素：

人物

10、12、13、14、23、24、26、30、31、34、36、42、43、46、47、49、51、53、55、56、57、60、62、63、68、69、70、80、86、89、97、101、102、105、106、107、114、119、128、135、137、141、143、149、151、155、158、161、165、166、169、173、179、181、182、185、187、193、199、200、203、205、217、219、231、249

对话

6、7、10、12、16、20、30、39、42、44、49、51、52、66、75、79、83、84、85、95、103、104、108、109、111、115、117、119、126、134、140、143、146、150、152、157、160、161、168、172、174、175、177、181、184、188、189、190、201、202、207、213、219、224、225、232、237、242、246

开篇

14、15、28、48、61、62、86、116、123、139、141、149、157、188、195、206、214、218、224、226、241、242、243、246、250

形式

13、18、33、39、40、48、57、60、64、65、68、82、84、92、103、105、110、112、113、121、122、124、126、130、133、143、147、154、156、179、200、201、204、206、215、218、220、222、223、225、228、236、237、239、244、248

独白

26、35、51、61、74、75、76、87、91、92、97、121、131、156、165、170、173、188、191、197、214、217、238、246

情节

3、10、15、16、17、19、22、32、47、50、53、56、57、68、69、70、74、83、99、100、102、105、107、114、115、124、128、145、152、153、162、166、174、177、178、180、181、182、187、203、205、206、208、209、210、211、212、217、218、221、233、237、249

视角

3、9、13、24、29、38、43、51、54、72、93、103、121、129、146、155、

173，176，192，201，208，211，229，
248

修订

79，80，85，94，100，109，116，
117，132，134，139，144，159，164，
167，187，194，209，210，220，
225，229，234，236，242，250

场景

7，12，17，19，22，23，26，35，
40，41，61，64，66，69，71，73，
74，91，98，101，108，113，114，
120，123，125，128，136，138，
140，144，150，151，154，157，

160，167，176，178，182，184，
194，200，209，212，216，226，234

背景

3，4，7，19，27，29，33，37，44，
56，60，63，64，66，75，94，122，
127，128，135，137，141，145，
150，151，192，193，199，204，
207，213，215，224，230，240

口吻

4，20，24，29，54，72，90，91，
100，108，123，127，133，160，
181，183，184，189，208，210，
214，230，234，244，248

致 谢

感谢所有帮忙提出写作练习点子的人，包括我的朋友、作者和学生：汉娜·张、玛雅·马奥尼、佐伊·马奥尼、艾琳·洪、吉米·凯托、塔妮娅·马丁、艾琳·曾、塔恩·莱利、安娜·叶，以及具有非凡创造力的戴安·市川和乔丹·威尔斯。琳恩·纳瓦罗坚决拥护一个关于鸡的写作练习。特别感谢由卡里·尼加德资助的简·莱斯罗普·斯坦佛（JLS）中学创意写作俱乐部的成员：莫西·拜恩、阿基拉·汉特、索菲·李、阿加斯蒂亚·帕里克、奥姆·拉让，尤其是坦维·马瑟和阿里特拉·奈格。为这本书热情加油的啦啦队队员有鲍勃·迪克森、丽塔·库尔斯、琳达·马提亚斯和萨拉·提德曼。我对希拉·马卡多感恩备至，她是我的编辑和合作者。而若是没有来自吉米·凯托和我最爱的克里斯托弗·贝尔的鼓励，恐怕这本书也不会面世。

创意写作书系

　　这是一套广受读者喜爱的写作丛书，系统引进国外创意写作成果，推动本土化发展。它为读者提供了一把通往作家之路的钥匙，帮助读者克服写作障碍，学习写作技巧，规划写作生涯。从开始写，到写得更好，都可以使用这套书。

综合写作		
书名	作者	出版日期
成为作家	多萝西娅·布兰德	2011 年 1 月
一年通往作家路——提高写作技巧的 12 堂课	苏珊·M. 蒂贝尔吉安	2013 年 5 月
文学的世界	刁克利	2022 年 12 月
创意写作大师课	于尔根·沃尔夫	2013 年 6 月
渴望写作——创意写作的五把钥匙	格雷姆·哈珀	2022 年 6 月
与逝者协商——布克奖得主玛格丽特·阿特伍德谈写作	玛格丽特·阿特伍德	2019 年 10 月
心灵旷野——活出作家人生	纳塔莉·戈德堡	2018 年 2 月
从创意到畅销书——修改与自我编辑	詹姆斯·斯科特·贝尔	2016 年 1 月
来稿恕难录用——为什么你总是被退稿	杰西卡·佩奇·莫雷尔	2018 年 1 月
虚构写作		
小说写作教程——虚构文学速成全攻略	杰里·克里弗	2011 年 1 月
开始写吧！——虚构文学创作	雪莉·艾利斯	2011 年 1 月
冲突与悬念——小说创作的要素	詹姆斯·斯科特·贝尔	2014 年 6 月
情节与人物——找到伟大小说的平衡点	杰夫·格尔克	2014 年 6 月
人物与视角——小说创作的要素	奥森·斯科特·卡德	2019 年 3 月
经典人物原型 45 种——创造独特角色的神话模型（第三版）	维多利亚·林恩·施密特	2014 年 6 月
情节线——通过悬念、故事策略与结构吸引你的读者	简·K. 克莱兰	2022 年 3 月
经典情节 20 种（第二版）	罗纳德·B. 托比亚斯	2015 年 4 月
情节！情节！——通过人物、悬念与冲突赋予故事生命力	诺亚·卢克曼	2012 年 7 月
如何创作炫人耳目的对话	詹姆斯·斯科特·贝尔	2016 年 11 月
超级结构——解锁故事能量的钥匙	詹姆斯·斯科特·贝尔	2019 年 6 月
故事工程——掌握成功写作的六大核心技能	拉里·布鲁克斯	2014 年 6 月
故事力学——掌握故事创作的内在动力	拉里·布鲁克斯	2016 年 3 月
畅销书写作技巧	德怀特·V. 斯温	2013 年 1 月
30 天写小说	克里斯·巴蒂	2013 年 5 月
从生活到小说（第二版）	罗宾·赫姆利	2018 年 1 月
小说创作谈	大卫·姚斯	2016 年 11 月
写小说的艺术	安德鲁·考恩	2015 年 10 月

虚构写作		
成为小说家	约翰·加德纳	2016年11月
小说的艺术	约翰·加德纳	2021年7月
非虚构写作		
开始写吧！——非虚构文学创作	雪莉·艾利斯	2011年1月
写作法宝——非虚构写作指南	威廉·津瑟	2013年9月
故事技巧——叙事性非虚构文学写作指南（第二版）	杰克·哈特	2023年1月
光与热——新一代媒体人不可不知的新闻法则	迈克·华莱士	2017年3月
自我与面具——回忆录写作的艺术	玛丽·卡尔	2017年10月
写出心灵深处的故事——非虚构创作指南	李华	2014年1月
写我人生诗	塞琪·科恩	2014年10月
类型及影视写作		
金牌编剧——美剧编剧访谈录	克里斯蒂娜·卡拉斯	2022年3月
开始写吧！——影视剧本创作	雪莉·艾利斯	2012年7月
开始写吧！——科幻、奇幻、惊悚小说创作	劳丽·拉姆森	2016年1月
开始写吧！——推理小说创作	劳丽·拉姆森	2016年7月
弗雷的小说写作坊——悬疑小说创作指导	詹姆斯·N.弗雷	2015年10月
好剧本如何讲故事	罗伯·托宾	2015年3月
经典电影如何讲故事	许道军	2021年5月
童书写作指南	玛丽·科尔	2018年7月
网络文学创作原理	王祥	2015年4月
写作教学		
剑桥创意写作导论	大卫·莫利	2022年7月
小说写作——叙事技巧指南（第十版）	珍妮特·伯罗薇	2021年6月
你的写作教练（第二版）	于尔根·沃尔夫	2014年1月
创意写作教学——实用方法50例	伊莱恩·沃尔克	2014年3月
创意写作思维训练	丁伯慧	2022年6月
故事工坊（修订版）	许道军	2022年1月
大学创意写作·文学写作篇	葛红兵 许道军	2017年4月
大学创意写作·应用写作篇	葛红兵 许道军	2017年10月
小说创作技能拓展	陈鸣	2016年4月
青少年写作		
会写作的大脑1——梵高和面包车（修订版）	邦妮·纽鲍尔	2018年7月
会写作的大脑2——怪物大碰撞（修订版）	邦妮·纽鲍尔	2018年7月
会写作的大脑3——33个我（修订版）	邦妮·纽鲍尔	2018年7月
会写作的大脑4——亲爱的日记（修订版）	邦妮·纽鲍尔	2018年7月
奇妙的创意写作——让你的故事和诗飞起来	卡伦·本基	2019年3月
成为小作家	李君	2020年12月
写作魔法书——让故事飞起来	加尔·卡尔森·莱文	2014年6月
写作魔法书——28个创意写作练习，让你玩转写作（修订版）	白铅笔	2019年6月
写作大冒险——惊喜不断的创作之旅	凯伦·本克	2018年10月
小作家手册——故事在身边	维多利亚·汉利	2019年2月
北大附中创意写作课	李韧	2020年1月
北大附中说理写作课	李亦辰	2019年12月
有个性的写作（人物篇＋景物篇）	丁丁老师	2022年10月

创意写作课程平台

从入门到进阶多种选择，写作路上助你一臂之力

扫二维码随时了解课程信息

　　"创意写作课程平台"由中国人民大学出版社"创意写作书系"编辑团队精心打造，历经十余年积累，依托"创意写作书系"海量素材，邀请国内外优秀写作导师不断研发而成。这里既有丰富的资源分享和专业的写作指导，也有你写作路上的同伴，曾帮助上万名写作者提升写作技能，完成从选题到作品的进阶。

写作训练营，持续招募中

- ### 叶伟民故事写作营

　　高人气写作导师叶伟民的项目制写作训练营。导师直播课，直击写作难点痛点，解决根本问题。班主任 Office Hour，及时答疑解惑，阅读与写作有问必答。三级作业点评机制，导师、班主任、编辑针对性点评，帮助突破自身创作瓶颈。

- ### 开始写吧！——21 天疯狂写作营

　　依托"创意写作书系"海量练习技巧，聚焦习惯养成、人物塑造、情节设置等练习方向，21 天不间断写作打卡，班主任全程引导练习，更有特邀嘉宾做客直播间传授写作经验。

精品写作课，陆续更新中

- ### 小说写作四讲

　　精美视频＋英文原声＋中文字幕

　　全美最受欢迎的高校写作教材《小说写作》作者珍妮特·伯罗薇亲授，原汁原味的美式写作课，涵盖场景、视角、结构、修改四大关键要素，搞定写作核心问题。

- ### 从零开始写故事

　　高人气写作导师叶伟民系统讲解故事写作的底层逻辑和通用方法，30 讲视频课程帮你提高写作技能，创作爆品故事。

精品写作课

作家的诞生——12位殿堂级作家的写作课

中国人民大学习克利教授10余年研究成果倾力呈现，横跨2800年人类文学史，走近12位殿堂级写作大师，向经典作家学写作，人人都能成为作家。

荷马： 作家第一课，如何处理作品里的时间？

但丁： 游历于地狱、炼狱和天堂，如何构建文学的空间？

莎士比亚： 如何从小镇少年成长为伟大的作家？

华兹华斯和弗罗斯特： 自然与作家如何相互成就？

勃朗特姐妹： 怎样利用有限的素材写作？

马克·吐温： 作家如何守望故乡，如何珍藏童年，如何书写一个民族的性格和成长？

亨利·詹姆斯： 写作与生活的距离，作家要在多大程度上妥协甚至牺牲个人生活？

菲兹杰拉德： 作家与时代、与笔下人物之间的关系？

劳伦斯： 享有身后名，又不断被诋毁、误解和利用，个人如何表达时代的伤痛？

毛姆： 出版商的宠儿，却得不到批评家的肯定。选择经典还是畅销？

作家的诞生
——12位殿堂级作家的写作课

一个故事的诞生——22堂创意思维写作课

郝景芳和创意写作大师们的写作课，国内外知名作家、写作导师多年创意写作授课经验提炼而成，汇集各路写作大师的写作法宝。它将告诉你，如何从一个种子想法开始，完成一个真正的故事，并让读者沉浸其中，无法自拔。

郝景芳： 故事是我们更好地去生活、去理解生活的必需。

故事诞生第一步： 激发故事创意的头脑风暴练习。

故事诞生第二步： 让你的故事立起来。

故事诞生第三步： 用九个句子描述你的故事。

故事诞生第四步： 屡试不爽的故事写作法宝。

图书在版编目（CIP）数据

501个创意写作练习：每天5分钟，激发你的创造力 /
（美）塔恩·威尔森（Tarn Wilson）著；修佳明译. --
北京：中国人民大学出版社，2023.8
（创意写作书系）
书名原文：5-Minute Daily Writing Prompts: 501
Prompts to Unleash Creativity and Spark
Inspiration
ISBN 978-7-300-31813-4

Ⅰ.①5…　Ⅱ.①塔…　②修…　Ⅲ.①文学写作学
Ⅳ.①I04

中国国家版本馆 CIP 数据核字（2023）第 123929 号

创意写作书系
501 个创意写作练习
每天 5 分钟，激发你的创造力
［美］塔恩·威尔森　著
修佳明　译
501 ge Chuangyi Xiezuo Lianxi

出版发行	中国人民大学出版社	
社　址	北京中关村大街 31 号	**邮政编码**　100080
电　话	010-62511242（总编室）	010-62511770（质管部）
	010-82501766（邮购部）	010-62514148（门市部）
	010-62515195（发行公司）	010-62515275（盗版举报）
网　址	http://www.crup.com.cn	
经　销	新华书店	
印　刷	北京联兴盛业印刷股份有限公司	
开　本	890 mm × 1240 mm　1/32	**版　次**　2023 年 8 月第 1 版
印　张	8.75 插页 2	**印　次**　2023 年 8 月第 1 次印刷
字　数	122 000	**定　价**　59.00 元